ALEXANDER JACKSON

ZILL

novum pro

Dieses Buch ist auch als
e-book
erhältlich.

www.novumverlag.com

Bibliografische Information
der Deutschen Nationalbibliothek:

Die Deutsche Nationalbibliothek
verzeichnet diese Publikation in
der Deutschen Nationalbibliografie.
Detaillierte bibliografische Daten
sind im Internet über
http://www.d-nb.de abrufbar.

Gedruckt in der Europäischen Union
auf umweltfreundlichem, chlor- und
säurefrei gebleichtem Papier.

© 2022 novum Verlag

ISBN 978-3-99131-374-8
Lektorat: Melanie Dutzler
Umschlagfotos: Monika Wisniewska,
Manjik | Dreamstime.com
Umschlaggestaltung, Layout & Satz:
novum Verlag

www.novumverlag.com

Climate neutral
Print product
ClimatePartner.com/16547-2201-1002

Sophie war kalt. Normalerweise machte ihr die Kälte nichts aus, aber an diesem Wintertag sass sie da, ihren Körper in eine dicke Jacke eingehüllt, die Fenster im geheizten Klassenzimmer geschlossen und spürte diese teuflische Kälte in ihre Seele eindringen. Sie wünschte sich, nach Hause zu ihrem Computer zu gehen, und dort diese bedeutungslose Zeit des endlosen Lernens, Repetierens und Vergessens hinter sich zu lassen. Aber als sich der Zeiger der Uhr über der Wandtafel langsam Viertel nach eins näherte und ihre Klassenkameraden zurückkehrten, stellte sie fest, dass sie die lang erwartete Mail vom Mathelehrer nicht erhalten hatten, der die Stunde hätte absagen sollen. Sie nahm ihre Materialen aus dem Rucksack und legte sie auf den Tisch. Die Jungs riefen irgendetwas Blödes, der Lehrer erklärte, warum die Stunde trotz dessen, was auch immer es war, stattfinden würde und sie fingen mit der Theorie an. Wie immer verstand Sophie fast nichts davon, die Ablenkung liess sie aber die Kälte vergessen.

Als drei Stunden später die Glocke das Ende des Schultags verkündete, stürmte Sophie mit vorhergepacktem Rucksack durch die Masse schwätzender Gesichter aus der Schule und auf die Strasse. Sie schaffte es gerade noch zur Bushaltestelle und stieg keuchend ein, Sekunden bevor der Bus abfuhr. Keine Sekunde wollte sie verschwenden, also lief sie quer durch den Bus, alle herumstehenden Leute beiseite schubsend, bis sie bei der optimalen Türe ankam, also die, die ihrem Ziel am nächsten war.

Aus dem Fenster sah sie, wie die Stadt langsam weicher wurde, mehr Bäume und Gräser auf dem Strassenrande auftauchten. Dann aber verschwanden die Pflanzen wieder und mit ihnen das Licht. Sie waren im Schatten eines Wohnblocks. Im Ganzen gab es sechs davon; jeder sah ein bisschen anders aus, aber keiner war mehr als ein quadratischer Betonklotz. Die Türe öffnete sich und sie stieg aus.

Aus ihrem Fenster konnte sie einen Fluss sehen. Der verlief parallel zur Strasse bis in die Stadt hinein und an ihrer Schule vorbei, so dass sie nie weiter als einen Kilometer davon entfernt war. Früher war sie oft mit ihrer Familie an ihm wandern gegangen, das war aber lange her; vielleicht weil die früher auf dem gegenüberliegenden Ufer stehenden Häuser durch mehr Betonklötze ersetzt worden waren. Sophie erinnerte sich an die Baustelle, die noch vor einem Jahr dort gestanden, jetzt aber den Fluss weiter hinaufgezogen war, wie ein Raubtier, das nach dem Mahl nur kalte, farblose Knochen hinterlässt.

Sie schluckte den Rest ihrer Cola, die sie aus dem Kühlschrank geholt hatte, hinunter. Es waren noch etwa zwei Stunden, bis ihre Eltern zurückkamen, also genug Zeit für eine Session *Legend of Dawnblade*. Sie schaute ein letztes Mal aus dem Fenster auf die glatte, farblose Landschaft, stellte das Glas auf ihren Schreibtisch und schaltete den Computer ein. Schon bald stand sie, Zilia Vorensk, vor dem Stadttor von Ularia und blickte vom Berg hinab auf den Schattenwald von Norn. Ihr Gefährte, Darian Shadowclaw, beschwerte sich, dass sie nicht länger in Ularia geblieben waren, wobei Jarei ihn an die Wichtigkeit ihrer Aufgabe erinnerte, die Welt vor dem Einschlag des roten Mondes zu retten. Für die nächsten zwei Stunden wanderte sie durch den Wald, kämpfte gegen Schattentrolle und Himmelsdrachen, erkundete unterirdische Ruinen und erfuhr, wer der böse General Ziorol wirklich war. Dann hörte sie, wie die Türe geöffnet wurde. Sie speicherte ihren Spielstand an der nächsten Sternenquelle und schaltete den Computer ab.

„Also, wie war's heute in der Menschenfabrik?", fragte ihr Vater.
Alle vier sassen um den Esstisch, Sophies Mutter und Bruder in ihre Geräte versunken, während sich das rituelle Gespräch abspielte.

„Also …", sie versuchte, sich an irgendetwas Interessantes zu erinnern, „wir haben in Bio gelernt, wie die Zellteilung abläuft."
Er schaute sie erwartungsvoll an.

„Ich hätte gedacht, dass du dich mindestens an etwas so Grundlegendes erinnern würdest."

„In zwanzig Jahren kann man vieles vergessen, vor allem Dinge, die man nie richtig gelernt hat."

Sophie seufzte und machte sich daran, aus ihren Erinnerungen das Gelehrte zusammenzustückeln. Heute war es schlimmer als sonst, weil sie am vorherigen Abend viel zu lang aufgeblieben war und fast die ganze Biolektion verpennt hatte, aber irgendwie schaffte sie es trotzdem, eine halbwegs kohärente Erklärung zustande zu bringen. Ihr Vater wandte sich dann zum Bruder, der sein Handy widerstrebend ausschaltete und irgendetwas über Französisch murmelte. Als dann etwa zehn Minuten später alle Teller leer waren, hiess es ab zum Duschen.

Das warme Wasser verdrängte die Müdigkeit aus Sophies Körper, so dass sie nicht umkippte, als sie die kurze Strecke zu ihrem Computer zurücklief und der leuchtende Bildschirm und die laute Musik aus ihren Kopfhörern verhinderten, dass sie zurückkehrte. Sie stellte einen Alarm für halb elf, um die Fehler von gestern nicht zu wiederholen, und öffnete das Game. Ein Update. Sie schaltete den Bildschirm aus, erfahrungsgemäss würde es etwa eine halbe Stunde dauern, und nahm ihr Handy hervor. Nach etwa zehn Sekunden Scrollen wurde ihr aber klar, dass sie heute nichts Interessantes finden würde. Was jetzt? Hinter ihr stand ein Rucksack, gefüllt mit Blättern, die sie für die kommende Physikprüfung repetieren sollte. Sie hatte eigentlich geplant, heute Abend einige Stunden ins Üben zu investieren, wie es andere machten, hatte aber keine Lust und schaute lieber aus dem Fenster. Als sie auf die gelb beleuchtete Strasse hinunterblickte, verfluchte sie ihre Faulheit, die ihr so schlechte Noten gab, und sich selbst, die nichts dagegen unternehmen würde. Als ihre Augen und ihr Hirn sich aber auf die Strasse konzertierten, bemerkte sie etwas Unnatürliches, das sie vom Fenster zurückschrecken liess. Langsam blickte sie trotz ihrer Angst wieder hinab auf die Bushaltestelle an der gegenüberliegenden Strassenseite und in die Augen des Mädchens, das da auf der Bank sass. Es lächelte Sophie freundlich an und winkte. Sophie hob dann unsicher ihre Hand und ahmte die Geste nach. Sophie wollte gleichzeitig wegschauen und ihren Blick halten, sie hatte ein angespanntes Gefühl in ihrer Brust und ein unsicheres Lächeln auf ihrem Gesicht. So standen sie für etwa eine Minute, bis ein Bus kam und das erste Gefühl sie vom Fenster wegriss. Sie legte sich auf das Bett, ihre Emotionen kämpften gegen ihre Gewohnheit, jeden Abend zu gamen. Dem zweiten Drang widerstehend blieb sie liegen und dachte an das Mädchen, fragte sich, wer sie war, was sie wollte, ob sie sie jemals wiedersehen würde und warum sie sie wiedersehen wollte.

So lag sie, weil ihre umherschweifenden Gedanken sie nicht einschlafen liessen, einige Stunden, bis sie hörte, wie ihr Fenster geöffnet wurde. Blitzschnell setzte sie sich auf, fand aber nur ihr leeres Zimmer. Sie stand auf, um das Fenster zu schliessen, stoppte aber, als sie am Himmel einen Stern entdeckte. So etwas sah sie wegen der hellen Strassenlichter nur selten, also setzte sie sich an ihr Pult und stellte den Bildschirm, der ihr Blickfeld ganz füllte, beiseite.

„Guten Abend, Sophie Ackermann."

Sophie schaute den Stern beängstigt an, zu müde, um sich zu erschrecken.

„Entschuldigung, aber ich habe jetzt nicht viel Zeit.", sagte der Stern. „Geh Morgen direkt nach der Schule zum Bahnhof Effikon, dort wirst du jemanden treffen. Bahnhof Effikon, verstanden?"

Der kleine Stern, der nur etwa zwei Meter hinter dem Fenster geschwebt hatte, fiel hinab und war schon verschwunden, als Sophie hinunterblickte. Nach einigen Minuten nahm der Schock ab und sie legte sich wieder ins Bett.

Der Bahnsteig war fast leer, wie es um zwei Uhr an einem Dienstagnachmittag zu erwarten war, und es regnete. Sophie hatte ihre Jacke vergessen und wartete auf der überdachten Seite, wo die Züge, die ins Land fuhren, stoppten; der nächste war schon zehn Minuten verspätet, also genau so lange, wie sie schon da auf der kalten Eisenbank sass. Das musste der Grund sein, weshalb noch niemand gekommen war. Jedenfalls würde sie warten, wenn nötig, bis die Polizei, von ihren besorgten Eltern angerufen, sie fand. Sie wusste nämlich, dass das Sternenwesen echt gewesen war, ohne Zweifel, und zwar, weil sie sich an ihre Träume erinnern konnte: Sie hatte andere Welten, andere Zeiten besucht, Realitäten voller magischer Wesen und riesige, grüne Wälder, und sie war jemand anders gewesen, vom jungen Ritter bis zur Prinzessin im Exil, und in diesen Welten hatte der magische Stern sie geführt. Bald hörte sie den Zug, wie er sich näherte, und sah, wie er langsamer wurde, bis er anhielt und sich die Türe, die sich direkt vor Sophie befand, öffnete. Trotz der vielen freien Sitzplätze stand eine dahinter, die sich an der Wand lehnte und Sophie mit einem Lächeln zuwinkte.

„Entschuldigung wegen der Verspätung", sagte das Mädchen von gestern.

Sophie stieg rasch ein, die Angst vor dem imminenten Schliessen der Türen trieb sie voran, und blieb stehen, ihr Körper war angespannt. Das Mädchen seufzte, nahm sie beim Arm und zog sie in eine Viererabteilung.

„Du bist doch Sophie, oder?", fragte sie.

„Also, ja." Sophie schaute auf den Boden, weil ihre Nervosität sie das Mädchen nicht anschauen liess.

„Gut. Ich habe dich gestern da oben im Dunkeln nur schlecht sehen können, also war ich mir nicht sicher.", erklärte sie. „Ich heisse übrigens Grete."

„Okay." Sophie erhaschte durch das Fenster einen kurzen Blick auf ein ländliches Dorf, flüchtete dann wieder zum gemütlichen, sicheren Boden.

Grete seufzte: „Du bist also so eine."

Sophie rührte sich nicht, nur ihre Augen flitzten umher, hinauf und hinab, ihr nach unten gebeugter Kopf liess sie Gretes Gesicht aber nicht sehen.

„Willst du nicht wissen, warum du hier bist? Oder mindestens, wer ich bin?"

„Also, ja."

„Sprich nicht so unsicher!", befahl sie. „Und schau mir gefälligst in die Augen, wenn du mit mir redest!"

Sophie zuckte zusammen und gehorchte, wollte aber sofort wieder wegschauen. Als sie aber Gretes genervte Miene sah, konnte ihr Blick nicht lange von den aufdringlichen Augen wegreissen: „Also, was ... wer bist du? Warum bin ich hier?"

Grete lächelte wieder: „Endlich."

Sie blickte nach draussen, wo die letzten Häuser von Bäumen ersetzt worden waren.

„Also ..."

„Was ist es?" Grete schaute immer noch aus dem Fenster.

„Willst du meine Fragen jetzt beantworten oder nicht?"

„Das darf ich leider nicht." Sie schaute Sophie wieder an. „Zill, das Wesen von gestern, wird dir aber einiges erzählen, wenn wir ankommen. Keine Angst, du wirst nicht viel länger warten müssen: Wir steigen schon bei der nächsten Haltestelle aus und von da sind es zu Fuss nur etwa zehn Minuten. Also, erzähl mir mal etwas über dein Leben!"

Sophie weigerte sich nach dieser frustrierenden Konversation, sich auf noch mehr von Gretes Anforderungen einzulassen, diese lachte aber und ihr Lachen steckte auch Sophie an. Für die letzten Minuten der Reise lachten sie über das dumme Gespräch. Als sie dann aussteigen mussten, war der Regen noch nicht vorüber und Sophie musste ohne Jacke einen schlammigen Waldweg die Bergseite hinaufwandern. Die beiden kamen schliesslich zu einer kleinen Holzhütte am Rande einer kleinen Lichtung. Dort warteten unter einem kurzen Dachüberhang drei andere und das schwebende Licht auf sie. Sophie spürte, wie ihre Unsicherheit zurückkehrte, aber Grete schubste sie an: „Keine Angst, die beissen nicht."

Es folgten einige kurze Begrüssungen, dann kamen sie zum wichtigen Teil: „Ich bin Zill, ein Ausserirdischer …"

Sie hörte aufmerksam zu, als es über die Kolonisationspläne seiner Spezies und über seine politische Inhaftierung, seinen Ausbruch und die folgende Flucht hinunter zur Erde erzählte. Es redete über eine riesige Flotte, die auf eine von ihren Spionen hergeleitete Selbstzerstörung der Menschenrasse wartete. Diese kontrollierten die Medien, „erfanden" Massenzerstörungswaffen und andere Maschinen, die die Welt durch ihre Abfallprodukte in eine ihnen passendere verwandeln würden. Durch ihre Leistungen hatten sie, also der Widerstand, in den letzten Jahren den Selbstzerstörungsprozess verlangsamen können, aber es fehlten ihnen noch die nötigen menschlichen Ressourcen, um sie endgültig zu stoppen, und wegen einer bewaffneten Einheit der Gegner, die sie jagte, konnten sie es nicht riskieren, Informationen über sich zu geben.

„… Wir haben dich also hierhergebracht, weil wir deine Unterstützung in unserem Kampf zum Schutz des Planeten erhoffen."

Zwei Kräfte wüteten in Sophie: eine idealistische, die die Welt verändern wollte, und eine ängstliche, unsichere, die die erste zurückhielt. Wenn Sophie allein gewesen wäre, wenn sie all das auf Papier oder einer Internetseite gelesen hätte, dann hätte die zweite gewonnen, aber die Anwesenheit der anderen, die sie erwartungsvoll anschauten, machte es unglaublich schwer, diese normalerweise weniger aufwändige Option zu wählen. „Natürlich werde ich Euch helfen."

„Endlich", sagte ein Mädchen, das ungefähr so alt war wie sie, und öffnete die Hüttentüre, „Ich kann diese Kälte nicht länger aushalten."

Der einzige Junge folgte ihr schnell in die Hütte, während das kleinere Mädchen anfing, mit Grete zu reden.

„Ich gehe jetzt deine Waffe holen", sagte Zill und löste sich in Luft auf.

„Er wird etwa eine Stunde weg sein", erklärte Grete. „Aus Sicherheitsgründen darf nur er wissen, wo die Waffen aufbewahrt werden. Mit Waffen meint er übrigens nicht konventionelle

Schwerter und Pfeilbogen, sondern die ausserirdischen Waffen, die er gestohlen hat. Jeder von uns hat eine, aber nur wenige funktionieren gleich."

„Wir sollten die anderen nicht länger warten lassen", sagte die andere mit ruhiger Stimme. „Markus hat das Spiel sicher schon aufgestellt."

Grete seufzte: „Ja, Eile mit Weile hat er aufgestellt."

„Grete, *Puerto Rico* wäre für die Neue zu kompliziert. Wir haben das schon etliche Male besprochen!"

„Ja, aber ..."

Sophie folgte den Diskutierenden in die Hütte: Das erste Zimmer war etwa so gross wie ihr Zimmer zu Hause und gleich wie dort waren die Wände hinter Schränken und Regalen versteckt, die hier aber mit alten Büchern und Brettspielen statt alten Schulbüchern und Kleidern vollgestopft waren, und wo das Fenster und ihr Computer gewesen wären, waren hier zwei Türen, worauf die Namen Grete und Isolde standen. Der Boden war mit einem dicken Teppich bedeckt und in der Mitte des Zimmers stand ein rechteckiger Holztisch mit fünf Stühlen, zwei davon schon besetzt, und ein Spielbrett aus Karton obendrauf. Drei leere Stühle standen in der Ecke links hinten.

Sophie setzte sich neben das Mädchen, das zuerst hineingekommen war.

„Also, Neue, welche Farbe willst du?", fragte Gretes Freundin. Sie schaute das Spielbrett an: „... gelb. Sind wir nicht zu viele?"

„Nein, als Neue musst du mit jemand anderem spielen, damit du gezwungen bist, dich sozial zu engagieren", erklärte Grete, „Du wärst jetzt mit Charlotte, weil sie immer gelb ist. Ich bin übrigens rot, Isolde grün und Markus blau."

Nach einer kurzen Erklärung der Regeln konnten sie anfangen.

„Weisst du, ich habe das Gefühl, dass ich dich von irgendwo kenne", sagte das Mädchen neben ihr, also Charlotte, nachdem sie ihre Figur bewegt hatte, „Warst du im Tennisclub?"

„Nein, ich war nie Mitglied eines Clubs."

„Dann muss ich dich aus der Schule kennen. Bist du mit Max oder Julian in der Klasse?"

„Max …" Die Runde dauerte lange, weil der Junge, Markus, ein gegnerisches Stück aus Rücksicht nicht überholen wollte. „Das ist doch der Laute, Nervige, mit den blonden Haaren." „Dann bist du das Mädchen aus der Klasse d! Die, die immer alleine isst."

Sophie spürte, wie ihre Wangen rot anliefen, als sie würfelte. „Ich hätte nie gedacht, dass jemand aus der Schule hier auftauchen würde."

Nach einer kurzen, unangenehmen Pause fing Charlotte an, sie mit Fragen über Lehrer, Noten und Klassenkameraden zu bombardieren, die Sophie gerne beantwortete. Lange redeten sie aber nicht über die Schule, als sie merkten, dass sie beide Rollenspiele spielten und sogar welche, die die andere kannte: Sie redeten über alle ihre Lieblingsteile und jede war begeistert davon, dass die andere ihre Meinung teilte, stritten sich aber auch ein bisschen, vor allem bezüglich der Charaktere; Charlotte war nämlich gegenüber den Bösewichten viel unsympathischer eingestellt als Sophie. Als Grete und Isolde ihrer Diskussion anderthalb Runden lang belustigt zugehört hatten, kehrte Zill zurück.

„Also, Sophie, könntest du bitte deinen Ärmel hochziehen?", bat er.

Markus stand schnell auf und ging nach draussen, während Sophie seinen Anweisungen folgte. Auch Charlotte schaute weg, als das schwebende Licht sich ihrer Schulter näherte, und sie musste vom blendenden Licht wegschauen. Es pikste kurz, und dann flog Zill schon weg, ohne irgendwelche Spuren hinterlassen zu haben.

„Es wird einen Tag dauern, bis sich die Waffe völlig an deinen Körper angepasst hat", erklärte er, „Dann musst du zurückkommen, damit wir sie aktivieren können. Jetzt solltest du aber nach Hause gehen, damit deine Familie dich nicht vermisst."

„… dann sehen wir uns morgen wieder", sagte sie und ging. Sie lief um den Tisch, aus der Türe und an Markus vorbei, und zielstrebig hinab zum Bahnhof. Die ganze Zeit dachte sie, dass sie länger hätte bleiben sollen, etwas hätte sagen sollen, hatte aber keine Ahnung, was dieses „etwas" war.

Wie gestern nahm Sophie den fremden Zug vom Bahnhof Effikon, lief den Berg hinauf und kam zur Holzhütte, die sie mithilfe der Kraft des abgemachten Termins fast so einfach betreten konnte, wie sie sie gestern verlassen hatte. Als sie aber nur Isolde in dem Zimmer fand, wollte sie sofort wieder gehen, konnte aber nicht.

„Ah, Sophie", sagte sie und schloss das alte Buch, das sie gelesen hatte, „Du bist ein bisschen früher hier als erwartet."

„Ja", antwortete Sophie unsicher, „Der vorherige Zug war zwei Minuten verspätet."

Isolde musste kurz nachdenken, bevor sie die Aussage verstand. „Es ist eine Weile her, seit ich das letzte Mal mit dem Zug gefahren bin. Ich bin mir nicht mal sicher, ob ich in den letzten fünf Wochen diese Hütte verlassen habe: Grete war immer zu beschäftigt, um mich zu begleiten, seit Alexandra umgekommen ist. Es ist „…"

„Umgekommen?" Sie war sich nicht sicher, ob sie richtig gehört hatte.

„Ja. So etwas passiert, wenn man kämpft, um die Welt zu retten." Sie redete ganz gelassen. „Von den sieben, die ich bei meinem Beitritt zum Widerstand getroffen habe, lebt nur noch Grete. Die meisten von ihnen sind früh gestorben, aber sie, Alexandra und Maria, haben überlebt, weil sie stark waren. Besser gesagt, weil sie starke Waffen hatten. Meine Waffe ist eigentlich nicht …"

Wie eine alte Frau schwätzte Isolde pausenlos weiter: Nachdem sie beim Tod angefangen hatte, benutzte sie die Waffen als eine Brücke zu ihrer Sorge um Grete, die sie dann über einen Vergleich mit dem Buch, das sie vor einigen Minuten gelesen hatte, verliess, um zur Politik zu kommen. So wanderte sie Dutzende Minuten durch diverse, unverwandte Themen, bis sie durch Gretes Rückkehr unterbrochen wurde.

„Ah, Sophie, bist du nicht zu früh hier?"

„Sie konnte wegen einer Verspätung den vorherigen Zug nehmen", erklärte Isolde.

Plötzlich fühlte sich Sophie fehl am Platz, als hätte die starke Bindung zwischen Grete und Isolde die schwache, kurz vorher entstandene aufgelöst. Und so war es auch tatsächlich: Nach einigen Wörtern über Sophie redeten sie schon über Gretes Mission und Isoldes Buch, planten Ausflüge und lachten über ihre dummen Scherze. Eine kalte Leere bildete sich in Sophie Brust, die sich eine Person wünschte, um sie zu füllen. Um dieses Ziel zu erfüllen, musste sie aber in das Gespräch eindringen, was unmöglich war, also blieb ihr keine andere Option, als zu hoffen, dass Charlotte bald die Türe öffnen würde. Nach einigen Minuten war es aber nicht sie, sondern Zill, das aus dem Nichts erschien.

„Bevor wir anfangen, habe ich noch einige kurze Fragen." Es verschwendete keine Zeit. „Hast du jemals Alkohol getrunken?"

Sophie dachte kurz nach: „Ich glaube ein oder zwei Male, weil ich es mit Cola oder Wasser verwechselt hatte."

„Hast du irgendwelche psychischen Missbildungen wie zum Beispiel eine bipolare Störung oder Schizophrenie?"

„Nein."

„Kennst du Johanna Schaufelberger, Beatrice Rossi, Gioia Jung oder Carla Schneider?"

„Wer sind diese Personen?"

„Ausserirdische Spione."

„Es gibt eine Gioia in der Parallelklasse, also Charlottes Klasse, aber ich kenne ihren Nachnamen nicht."

Zill, das die ganze Zeit wie eine Lampe bewegungslos an der Decke geschwebt hatte, flitzte hinab zu Sophies Schulter und blieb wieder in der Luft hängen. Während der unangenehm langen Minute merkte Sophie zum ersten Mal, wie unnatürlich kalt das warm leuchtende Zill war. Als es dann wieder wegflog, fühlte sich Sophie genau gleich wie vorher. Dann bemerkte sie aber etwas, das schwer zu beschreiben war: Sie fühlte etwas in ihrer Brust, etwas, das sich wie ein Muskel anfühlte, den sie an- und entspannen konnte.

„Das ist neu", kommentierte Grete, „Seit wann gibt es Waffen, die einen unsichtbar machen können?"

Als sie dann mit angespanntem Muskel auf ihre Hände schaute, stellte sie fest, dass sie tatsächlich unsichtbar geworden waren. Und nicht nur die Hände, sondern ihr ganzer Körper samt

Kleidern war verschwunden wie in einem alten First-Person-Videospiel. Obwohl sie rein logisch verstand, was geschehen war, konnte der tierische Teil von ihr nicht verstehen, wohin ihr Körper gegangen war, und das zusammen mit dem komischen neuen Muskel liess eine heftige Panik in ihr aufschwellen, die sie hart zu verstecken versuchte.

„Schalte die Waffe mal aus!", befahl Grete und wurde von Sophie gehorcht. „Atme jetzt tief ein und aus!"

Nach einer Minute fühlte sich Sophie besser, dann musste sie den komischen neuen Muskel schon wieder betätigen, dann konnte sie sich wieder erholen, und so weiter und so fort, bis ihr Affengehirn endlich verstand, was sie schon längst wusste. Dann gingen sie nach draussen, wo sich Isolde auf einem breiten Baumstumpf neben der Hüttentüre setzte und zuschaute, wie Sophie stundenlang versuchte, sich an Grete heranzuschleichen, und jedes Mal von einer unsichtbaren Kraft gepackt und zum Lichtungsrand transportiert wurde. Langsam lernte sie aber, hohes Gras und nassen Boden zu vermeiden, ruhig zu atmen und mit den Zehen zuerst auf dem Boden zu landen. Als Grete dann mit ihr zufrieden war, gingen sie zurück zu Isolde.

„Ich glaube, du bist jetzt für einfache Missionen bereit genug", sagte Isolde, „Komm also irgendwann, wenn du Zeit hast, zurück."

Und so ging Sophie wieder den Berg hinab und nahm den nächsten Zug. Heute würde sie aber nicht wie gestern in Effikon aussteigen.

Um sieben Uhr wartete sie nervös vor einem zweistöckigen, hölzernen Haus, das ganz allein, fünf Minuten vom nächsten Dorf entfernt, am Waldrand stand. Sie klopfte ein drittes Mal, diesmal härter, und hörte endlich, wie sich drinnen jemand rührte. Eine Frau, etwa so alt wie ihre Mutter, aber ein bisschen dicker, öffnete die Türe. Nachdem sie Sophie kurz gemustert hatte, schrie sie in einer fremden Sprache ins zweite Stockwerk hinauf. Das Quietschen einer öffnenden Türe wurde vom Geräusch dumpfer, schneller Schritte gefolgt und schon stand sie am oberen Ende der Treppe, die kurz hinter der Türe anfing. Als sie dann Sophie sah, stockte sie kurz und kam dann langsam hinab.

„Hey, Sophie, wie ging es so mit der Waffe?" Sie redete langsam, um einen kohärenten Satz zustande zu bringen.

„Können wir hier darüber reden?" Sie schaute zur Mutter, die aber schon durch einen Türbogen ins Wohnzimmer zurückgekehrt war.

„Keine Angst, sie kann kaum Deutsch." Die Mutter sagte etwas. „Übrigens, willst du Brownies oder etwas zu trinken?"

„Brownies und Milch wären toll!"

Sie sagte etwas zu ihrer Mutter und dann beschlossen sie, in Charlottes Zimmer zu gehen. Als sie die Treppe hinauf und an den Zimmertüren ihrer Eltern und ihres Bruders vorbeigingen, merkte Sophie, dass neben Gemälden von wilden Landschaften Gewehre und Messer an den Wänden hingen.

„Meine Eltern haben dieses Haus selber gebaut", sagte Charlotte, als sie die Türe öffnete, „Es wäre wahrscheinlich billiger gewesen, eins zu kaufen, aber sie lieben solche Projekte."

„... Willst du also irgendwann auch dein eigenes Haus bauen?", fragte Sophie.

Sie lachte: „Nein! Hast du irgendeine Ahnung, wie viel Arbeit für ein solches Projekt nötig ist? Ich würde viel lieber meine Zeit in etwas investieren, das mir Spass macht, wie Wandern oder Gamen. Und wenn wir schon darüber reden, was willst du zuerst spielen?"

Charlottes Zimmer war sehr funktionell eingerichtet: Neben ihrem Bett waren die einzigen Möbel im Zimmer ein Schrank mit Spiegeltüren, wahrscheinlich für ihre Kleider, ein Holzgestell voller Spielhüllen und ein kleiner Holztisch, Monitor und Konsole obendrauf, von wo dünne Kabeln in ein kleines Loch in der Wand führten. Ein kleines Fenster liess ein wenig Licht ins Zimmer und ein dicker Teppich machte den Boden angenehm genug zum Sitzen. Bevor sie sich aber niederlassen konnte, hatte Charlotte fünf Spielhüllen sorgfältig aus den Stapeln entfernt und erklärte, welche Spiele es waren. Sie konnte aber nicht besonders geschickt erklären und als Sophie endlich gefragt wurde, welches sie am meisten interessiere, wählte sie das mit dem interessantesten Coverbild. Wie es sich herausstellte, war es ein kompliziertes Kampfspiel und Charlottes wiederholtes Versagen im Erklären führte zu einem kurzen, verwirrenden Erlebnis, das sie schnell unterbrach, nachdem sie zwei Runden ohne Widerstand gewonnen hatte. Das kooperative Spiel, das sie danach in das Gerät steckte, machte viel mehr Spass und als die Mutter mit den Brownies kam, hörten sie auf zu spielen und fingen nach dem Essen nicht wieder an. Nach einer Weile kam sie aber wieder und warnte, dass es langsam spät wurde. Nach zögernden zehn Minuten verliess Sophie also wieder das Haus und als sie unter den orangen Strassenlampen durch das stille Dorf lief, bemerkte sie, dass sich seit einigen Stunden ein warmes Gefühl in ihrer Brust eingenistet hatte.

E s war der Freitagabend vier Tage nach ihrer ersten Begegnung mit Zill und wie üblich spielte Sophie im Dunkeln *Legend of Dawnblade*. Seit ihrem Besuch bei Charlotte hatte sie die Holzhütte kein einziges Mal besucht, war aber in den Widerstandschat eingeladen worden, wo sie noch keine Nachrichten erhalten hatte. Sie wusste, dass es wahrscheinlich eine Vorsichtsmassnahme war, um den ausserirdischen Spionen nicht aufzufallen, ein kleiner, nagender Teil von ihr erinnerte sich aber an die Zeit mit Grete und Isolde und flüsterte ihr zu, dass die anderen sie als Aussenseiterin sahen und nichts mit ihr zu tun haben wollten. Da ihre Logik diese dunklen Gedanken nicht bannen konnte, konzentrierte sie sich stattdessen auf den Kampf gegen das schleimige Seeungeheuer. Dann hörte sie, wie ihr Handy, das sie eingesteckt und auf ihren Nachttisch liegen gelassen hatte, kurz vibrierte und sah ihr Zimmer kurz im Bildschirmlicht gebadet. Sie pausierte das

Spiel und schritt vorschichtig über im Dunkeln versteckte Objekte, die auf dem Boden lagen, zu ihrem Bett, nahm das Handy und setzte sich.

Wie gehofft hatte Grete endlich in den „Projektchat" geschrieben: „Meine Eltern sagen, dass wir uns morgen um zwei bei mir treffen können."

Es ertönte ein lautes Geräusch, als die erste Antwort ankam: „Entschuldigung, aber ich kann nicht kommen. Meine Schwester hat Geburtstag."

„Ich komme", schrieb Charlotte und Sophie machte es ihr schnell nach.

Dann kehrte sie zu ihrem Computer zurück, ihre Gefühle waren kurz besänftigt.

Sophie stand am Rande der Lichtung neben einem Baum und hielt Wache. Sie war zehn vor zwei angekommen und hatte schon fünf Minuten darauf gewartet, dass das Geräusch von knirschenden Schritten den Waldweg hinaufkommen würde, damit sie hineingehen konnte. Sie wusste aufgrund des durch den Regen schlammigen Bodens, dass Charlotte noch nicht angekommen war und der Fahrplan ...

„Sophie!" Gretes brüllende Stimme schoss aus der Hütte. „Charlotte hat wegen Fieber abgesagt!"

Sie schreckte auf und drehte sich um, aber die Türe war schon geschlossen. Schnell eilte sie über den schlammigen Boden, zögerte ängstlich vor der Hütte, wie eine, die für eine Spritze gerufen worden war, und ging hinein. Isolde und Grete sassen am Tisch, ein Haufen farbiger Karten zwischen ihnen, und schauten ihr rotes Gesicht belustigt an.

„Du weisst schon, dass die Türe kein Schloss hat, oder?", sagte Grete.

„Ja, es ist aber heute im Wald so schön." Sophie nutzte die Entschuldigung, die sie vorher wie immer, wenn sie etwas Schlechtes machte, vorbereitet hat.

„Komm schon, setz dich", sagte Isolde und fing an, die Karten ordentlich zu stapeln.

Langsam entfernte sie sich von der Türe, bewegte sich durch den leeren Raum und gesellte sich zu den anderen. Gerade, als sie aber anfing, sich zu entspannen, lehnte sich Isolde blitzschnell über den Tisch und fasste sie am Arm.

Als Sophie versuchte, sich zu befreien, erklärte sie: „Mit meiner ‚Waffe' kann ich Lebewesen markieren, damit ich jederzeit weiss, wo sie sich befinden und ob ausserirdische Technologie in ihrer Nähe verwendet wird. Normalerweise werden alle neuen Rekruten markiert, wenn sie zum ersten Mal hierherkommen, aber bei dir habe ich es vergessen. Könntest du also bitte kurz still bleiben?"

Sie folgte ihren Anweisungen. „Unsichtbarkeit und Tracking-Gerät ... Wieso heissen die ‚Waffen'?"

„Keine Ahnung", sagte Isolde und liess ihren Arm los. „Grete, du kennst Zill doch am besten, hat er mal etwas darüber gesagt?"

„Nichts Präzises." Sie dachte kurz nach. „Aber er hat manchmal Schwierigkeiten mit unserer Sprache. Ich glaube, dass das Wort ‚Waffe' in seiner Gesellschaft eine breitere Bedeutung hat als bei uns."

„Jedenfalls bedeutet das nicht, dass es keine Waffen unter den ‚Waffen' gibt", erklärte Isolde. „Der Markus, zum Beispiel, kann ein riesiges Gewehr aus dem Nichts holen. Und wenn wir schon über Markus reden: Er ist der erste Knabe, der unserer Organisation beigetreten ist. Bis jetzt waren es immer ..."

„Isolde, Sophie muss heute Abend wieder zu Hause sein."

„Ah, richtig", sagte Isolde, „Wir haben dich heute hierhergerufen, weil wir mit deiner neuen Fähigkeit eine Mission unternehmen können, die wir schon lange planen, wofür wir aber nie die richtigen Ressourcen hatten. Wir wollen nämlich das lokale Hauptquartier unserer Gegner finden. Der Plan ist einfach: Grete wird die Gegner anlocken und in die Flucht treiben und du sollst ihnen dann folgen. Verstanden?"

„Ja, ich soll den Gegnern folgen, wenn sie fliehen. Wie werden wir sie aber locken?"

„Sie können wie ich die Nutzung von ausserirdischer Technologie detektieren. Du solltest aber trotzdem sicher sein: Zill sagt, dass deine Waffe nicht erkannt werden kann …"

Sie klärten noch einige Fragen bezüglich Details wie Durchführungsort und Gegner und diesbezüglich, was sie tun sollte, wenn sie auffliegen würde, dann verabschiedeten sich Grete und Sophie und machten sich auf den Weg zum Bahnhof.

Sie stiegen in Ulsdorf, einer kleinen Ortschaft, die zwei Stationen von der Stadt entfernt war, aus und Grete holte eine Karte, die sie gefaltet in ihrer Hosentasche getragen hatte, hervor: „Von hier müssen wir fünf Minuten den Fluss entlanglaufen."

Der Ort, den Isolde für die Operation gewählt hatte, war ein kleines, zweistöckiges Schulhaus am Dorfrand, das über das Wochenende verlassen sein würde. Um nicht von der Strasse aus gesehen zu werden, gingen sie hinten ran, wo ein hölzernes Klettergerüst und Schaukeln auf einem künstlichen Kiesboden standen.

„Stehe beim Kampf an der Schulhauswand", sagte Grete und setzte sich auf die Schaukel. „Unsere Gegner wollen Kampfspuren wenn möglich vermeiden, also solltest du dort vor ihren Angriffen sicher sein, solange sie dich nicht sehen."

Sophie presste ihren Rücken an die Wand, machte sich unsichtbar und sah, wie Gretes Hand anfing, blau zu leuchten. Sie war aber nicht die Einzige, die zuschaute: Neben ihr hatten die unsichtbaren Augen der Gegner das unnatürliche Schimmern wahrgenommen. Jetzt war es nur noch eine Frage der Zeit, bis dieser Gegner seine Hände hinreichen würde, um es auszulöschen.

Grete seufzte und stand auf: „Es ist wirklich unfair, dass Schaukeln nur für Kinder gebaut werden. Es macht so viel Spass, stundenlang hin- und herzuschwingen und mit den Gedanken allein zu sein."

„Grete, die Gegner werden bald hier sein!"

„Es dauert normalerweise etwa zehn Minuten, bis sie ankommen." Sie schlenderte über die Kiesel hinüber zum grasigen Flussufer.

„Genau!" Sophie hob ihre Unsichtbarkeit auf und stürmte zu Grete. „Wir haben nur zehn Minuten, um uns vorzubereiten. Zehn Minuten! Wenn wir uns nicht vorbereiten, werden wir sterben!"

„Es gibt nichts vorzubereiten.", erwiderte sie, ohne aufzustehen.

„Doch, und zwar dich selbst. Du musst dich auf die Mission konzentrieren!"

„Hast du vergessen, dass Isoldes Waffe Gegner in der Nähe detektieren kann? Das wird mir schon genug Zeit geben. Geh jetzt, wenn es dir jetzt so wichtig ist, dich auf deine Konzentration konzentrieren, und hör auf, mich zu stören!"

Für eine Sekunde wollte Sophie genau das tun, setzte sich aber stattdessen neben Grete: „Entschuldigung. Es ist ..."

„Keine Angst, ich verstehe." Sie lehnte sich zurück und schaute zum Himmel hinauf. „Ich habe schon viele Rekruten auf ihre ersten Missionen gebracht. Ich war auch mal selbst Rekrut, aber das ist schon lange her."

„... Und wie viele davon haben überlebt?"

„Alle, die nicht kämpfen mussten. Das Gefährliche an einer ersten Mission ist nicht die Klinge des Gegners, sondern das Scheitern der eigenen. Die Fähigkeit, einem anderen Lebewesen Leid zuzufügen, ist nicht angeboren, sondern erlernt, und dieser Lernprozess findet nicht gerade in einer Schule statt. Ich will diese Rekorde aber nicht heute brechen, geh also zur Schulwand zurück!"

Sophie folgte ihren Anweisungen und wartete. Und wartete. Und wartete. Erst, als sie anfing, zu denken, dass die Gegner nicht kommen würden, spürte sie eine unnatürliche, orange Präsenz, die sich hundert Meter hinter ihr befand. Sie näherte sich mit stetigem Tempo, bis sie an der Schule ankam und kurz wartete. Dann kletterte sie auf das Dach und kam näher, bis sie direkt über Sophie stand, sodass sie die nassen, quietschenden Geräusche seiner fremden Maschinerie hören konnte.

„Worauf wartest du?", rief Grete von der Mitte der Kiesel zur lauernden Maschine hinauf. „Ich komme nicht zu dir hinauf!"

Das Wesen zögerte kurz, sprang dann hinab und landete einige Zentimeter vor Sophies Nase: Fünf dünne, platte Metallscheiben stachen wie Wurzeln aus einem baumstammförmigen Kasten, der von einer dünnen, schwarzen Flüssigkeitsschicht überzogen war, die nach unten abtropfte und verdampfte, bevor sie auf den Boden traf. Die Dämpfe rochen nach grasigem Leim und schimmerten kurz grau, bevor sie sich in der Luft lösten. Sophie hatte Angst, dass es ihr schnelles, panisches Atmen hören würde, aber das blaue Schimmern, das vorher um Gretes Hand gewickelt war, löste sich und griff nach dem Gegner, sodass er zur Seite weichen musste. Der orange Gegenangriff kam schnell und schoss von der Kontaktstelle der Maschine mit dem Boden durch den Kies hinüber zu Grete. Ein neues, kühleres blaues Schimmern erschien aber um ihre Füsse und hob sie einige Millimeter über den Boden, damit sie nicht getroffen wurde. Der Gegner feuerte und verfehlte noch zwei Male, bevor er verstand, dass es nichts nützte. Grete bemerkte sein Zögern und liess das Licht um ihre Füsse verschwinden und das um ihre Hände erscheinen, damit sie wieder angreifen konnte. Die Maschine sprang zurückauf das Dach, das ausserhalb der Reichweite ihrer Hände lag, und überdachte ihre Lage. Wegen seiner angenommenen Sicherheit bemerkte das Wesen aber nicht, wie das blaue Licht sich nochmals veränderte: Ein drittes, trockenes Licht schoss wie ein Speer von Gretes Unterarm hervor und durchbohrte eines seiner Beine, das Grete mit einer Armbewegung nach oben abriss. Als sie nochmals zielte, krabbelte der Gegner, der seine Niederlage akzeptierte, weg.

„Hey!" Grete erinnerte Sophie mit einem lauten Zischen an ihre Mission.

Das war aber unnötig gewesen: Sophie hatte wie ein Schüler vor seiner Präsentation die ganze Zeit über ihren Einsatz nachgedacht und war schon an der Hausecke, wo das abgerissene Bein lag und sich langsam in der Luft auflöste. Die orange Präsenz war jetzt deutlich langsamer, als sie gekommen war, aber sie musste immer noch rennen, um sie einzuholen. Sie folgte ihr durch die leeren Dorfstrassen und passte auf, nicht zu nahe zu kommen, während sie weg vom Fluss Richtung Waldrand ging. Die Maschine lief ohne ihr fünftes Bein wacklig und fiel bei einigen Abbiegungen fast um, machte aber keine Pause und ging zielstrebig weiter. Bald trübte Schweiss Sophies Sicht und ihre Beinmuskel brannten, aber die Angst vor dem Versagen trieb sie weiter, und sie kamen bald zu einem Bauernhof. Die Maschine sprang über den Drahtzaun und Sophie schlüpfte zwischen den Drähten hindurch. Sie folgte ihr kurz über das mit Kuhfladen bedeckte Feld, aber die beiden stoppten, als eine neue orange Präsenz über ihnen erschien. Sophie schaute hinauf und sah, wie ein kleiner, grauer Fleck am blauen Himmel immer grösser wurde, bis er zu einem zweiten metallischen Baumstamm anwuchs, diesmal statt von Beinen von einem Schwarm fliegengrosser Metallkugeln begleitet. Die Hälfte von ihnen verliess diesen und sammelte sich um die erste Maschine, die vom Erdboden gepflückt und mit der zweiten weggetragen wurde. Sophie konnte nur zuschauen, wie die beiden im Äther verschwanden.

„Unsichtbarkeit? Das hört sich nicht gerade nützlich an." Sophie und Charlotte hatten sich im Wald hinter ihrem Haus getroffen, um zusammen zu trainieren. „Du kannst dich nur vor den Ausserirdischen verstecken und hast keine Mittel, um anzugreifen. Ich verstehe nicht, warum Zill dir so eine nutzlose Waffe gegeben hat."

„Es wäre unglaublich nützlich gewesen", argumentierte Sophie, „wenn sie nicht hätten fliegen können."

„Ja, aber Zill wusste das! Wir kennen in dieser Region drei Agenten: den Fliegenden, den Krabbelnden und den Rollenden. Wir haben so viele Male einen der zwei letzten fast erledigen können, nur dass sie von dem Dritten aus der Panne geholt wurden. Er hätte wissen sollen, dass diese Monster nicht nach jedem Scharmützel bei helllichtem Tag herumrennen würden." Sie seufzte. „Wir reden hier aber über Zill. Der weiss quasi nichts über die Menschenwelt: Er verlässt die Hütte nur bei der Rekrutierung und nur mit einer Eskorte und verweilt meistens nicht mal dort, sondern im mysteriösen Bunker, wo er die Waffen aufbewahrt."

„Genug über Zill und meine Waffe", sagte Sophie. „Ich will endlich wissen, was deine ist."

„Hey, du bist die, die mich eine Woche hat warten lassen", sie beugte sich und las einen dicken Stock vom Waldboden auf.

„Glaubst du ernsthaft, dass deine Mutter nach so vielen Jahren nicht mal ein bisschen Deutsch gelernt hat?"

„Natürlich hat sie das, aber ich glaube, dass Wörter wie ‚Waffe', ‚Ausserirdische' und ‚Unsichtbarkeit' nicht in ihrem Vokabular enthalten sind." Sie fuhr mit dem Finger über den Stock.

„Was machst du da?" Sophie kam ein bisschen näher und sah, dass die Rinde an der Stelle, die sie berührt hatte, entfernt worden war.

„Du wolltest wissen, was meine Kraft ist", sagte Charlotte und fuhr mit dem Finger direkt durch die Mitte des Stockes, der wie von einem Messer geschnitten in zwei Teilen zum Boden fiel. „Ich kann alles, was ich mit den Händen berühre, verschwinden lassen."

„Was soll das heissen, ‚verschwinden lassen'?"

„Ich habe nicht die leiseste Ahnung, was mit der Materie passiert, und ehrlich gesagt habe ich mir nie wirklich Gedanken darüber gemacht." Während sie sprach, hob Sophie die Überbleibsel auf und schaute die wie von Sandpapier geschliffen glatte Bruchstelle an.

Sie entschied sich, Zill später dazu zu fragen. „Wie werden wir also jetzt zusammen üben?"

„Ich glaube nicht, dass wir das können." Sie dachte kurz nach. „Hat dir Grete schon erklärt, wie die Ausserirdischen funktionieren?"

„Nein."

„Du hast aber schon zwei gesehen." Sophie nickte. „Dann hast du wahrscheinlich schon bemerkt, dass sie alle türgrosse, zylindrische Kerne haben. Diese sind so wie ihre Herzen: Wenn man sie zerstört, sterben die Ausserirdischen. Dabei muss man aber wissen, dass sie einen dezimeterdicken Panzer darum haben und dass der Ausserirdische, wenn man diesen durchdringt und den Innenteil berührt, explodiert. Es ist zwar keine grosse Explosion, es ist eher da, damit ihre Technologie nicht in menschliche Händen fällt, aber es kann einen ziemlich schwer verletzen, wenn man zu nah dran steht. Und darum braucht man so eine." Charlotte zog aus ihrer Handtasche eine Pistole hervor.

Sophie erstarrte.

„Keine Angst", sagte Charlotte, „Ich weiss schon, wie man mit so einer Waffe umgeht."

„Aber … ist das nicht gefährlich? Und illegal?"

„In meinen Händen ist es nicht gefährlich." Sie hielt die Pistole ruhig in der rechten Hand, das Ende nach unten gerichtet. „Und was illegal angeht, würde ich lieber lebendig ins Gefängnis kommen, als vom Krabbler durchbohrt zu werden."

„… Da hast du recht", gab Sophie zu, „Aber warum hast du überhaupt so eine Waffe?"

„Mein Vater sammelt viele Gewehre", erklärte sie, „Ich habe mir nur eines ausgeliehen. Der hat mir übrigens auch das Schiessen beigebracht. Das aber nur, wenn wir unsere Familie im Ausland besuchten."

„Das hört sich … eigentlich ziemlich cool an." Sophie relaxierte sich, als Charlotte die Pistole wieder wegsteckte. „Ich wünschte, ich hätte eine Familie wie deine; eine Mutter, die Brownies backt, und einen Vater, der einem Sachen beibringt. Meine Mutter interessiert sich nicht für uns, ist die ganze Zeit an ihrem Handy, und mein Vater arbeitet zu viel, um wirklich Zeit für mich zu haben. Und mein Bruder verbringt die ganze Zeit vor seinen Computer und schaut blöde Videos im Internet."

„Ja, aber meine Familie ist nicht ganz so toll, wie du dir sie vorstellst", antwortete sie, „Mein …"

Gerade dann kam ein ratterndes Geräusch von ihrer Handtasche. Es war ihr Handy.

„Was ist es?", fragte Sophie.

„Eine Nachricht von Grete." Charlotte wurde bleich. „Sie sagt, dass wir sofort kommen sollen."

Die beiden standen einen Moment da, während sie in ihren Gedanken die unendlichen, vielleicht schrecklichen Implikationen dieses Satzes durchgingen, bevor Charlotte sich zusammenraffte und, Sophie mit sich ziehend, ihre Mutter schnell informieren ging, dass sie bei einer Freundin ein Schulprojekt fertigstellen mussten. Von da eilten sie durch das Dorf zum Bahnhof und schafften es gerade noch zum nächsten Zug. Dann hiess es aber warten. Die beiden sassen in einer Viererabteilung einander gegenüber und zwischen Sophies schnellem Atmen und dem Klopfen von Charlottes Fuss entstand ein ungeduldiger, ängstlicher Rhythmus des Unwissens. Schon als der Zug die vorletzte Haltestelle verliess, standen sie vor der Türe und sahen, wie die Landschaft draussen langsam vorbeikroch. Als sie dann endlich stillstand, stiegen sie aus und liefen über den steinigen Parkplatz und die schmale Strasse in den Wald. Das Adrenalin in ihren Adern trug sie schnell den Berghang hinauf und als sie in Stille liefen, bemerkte Sophie etwas, das sie früher übersehen hatte.

Erst als sie noch einige Meter zielstrebig zurückgelegt hatte, bemerkte Charlotte, dass ihre Kameradin wie angewurzelt stehengeblieben war. „Hey, was ist los?"

Ihre Stimme zitterte.

„Alles ist gut, ich musste nur kurz eine Pause machen." Sophie zwang sich, zu glauben, dass sie voreilige Schlüsse zog, und rannte Charlotte hinterher.

Als sie dann aber die Lichtung erreichten und Grete vor der Hütte auffanden, wurden ihre schlimmsten Befürchtungen bestätigt.

„Seht ihr es?" Grete streckte ihre Handflächen, die nicht mehr wie gestern leuchteten, den beiden entgegen.

„Oh Gott."

Diese Wörter brachen als Flüstern aus Sophies Mund, während Charlotte langsam dämmerte, was geschehen war. Grete schaute die beiden mit einer lang vorhandenen Trauer an. Sie hatte dieses Ergebnis erwartet.

„Wie?" Charlotte schaute sie ungläubig an. „Wie haben sie Isolde erwischt? Sie ist doch die ganze Zeit hier, oder?"

„Sie ist gegangen", sagte Grete langsam. „Sie wollte weg und ist gegangen."

„Wohin?"

„Das weiss ich nicht."

„Hast du nach ihr gesucht?" Charlotte wurde langsam wütend. „Sie könnte irgendwo in der Nähe sein, wir könnten sie noch retten!"

„Isolde konnte die Funktionen ihrer Waffe nicht ohne physischen Kontakt mit dem Nutzer aufheben", erklärte Grete. „Wir können nur noch akzeptieren, was geschehen ist, und weitermachen."

Charlottes Wut wurde schwächer. „Du hast recht. Ich will aber, dass sie richtig bestattet wird, also werde ich den Wald nach ihrer Leiche durchsuchen. Und bevor du es sagst: Ich weiss, dass dieser Ort jetzt komprimiert ist. Mir ist es egal."

Grete seufzte, als sie stürmisch wegstapfte, und wandte sich dann an Sophie: „Es ist gut möglich, dass unsere Gegner Isolde hier in der Nähe gefunden haben, was heissen könnte, dass sie die Hütte gefunden haben. Und ohne Isoldes Waffe haben wir keinen Weg, um sie kommen zu sehen, also müssen wir Hauptquartiere wechseln. Und dafür brauche ich deine Hilfe beim Einpacken, verstanden?"

Sophie nickte halbherzig, als Grete sich rasch umdrehte und auf die Hütte zustürmte. Als Sophie tief durchatmete und ihr hineinfolgte, wurde sie von Befehlen und einer Kartonkiste quer im Gesicht getroffen. Sie machte sich daran, eine Selektion von Brettspielen von den Regalen herunterzuholen und in die Kiste hinein zu stapeln, während Grete etliche vollgestopfte Order aus den beiden Zimmern holte. Nach einiger Zeit kam Markus endlich an und machte sich, nachdem er die schlimmen Nachrichten gehört hatte, heftig und effizient an die Arbeit, sodass Sophies Kiste eine Minute später voll war. Er fragte Grete, ob sie auch Hilfe brauchte, aber sie wollte ihre Aufgabe alleine erledigen. So dauerte es noch einige Minuten, bis alles eingepackt war, aber das störte die anderen beiden gar nicht: Sie sassen einfach ruhig am Spieltisch, ohne ein einziges Wort zu wechseln. Als Grete endlich die zweite Kartonkiste aus Isoldes Zimmer hinausschleppte, stand Markus sofort, lüpfte die erste und öffnete die Türe für die Mädchen, die die andere Kiste zu zweit trugen.

Draussen fanden sie Charlotte mit sauberen Händen über einen ein Meter tiefen, kurzen Graben stehen.

„Grete, ich brauche beim Tragen deine Hilfe", sagte sie und machte sich auf dem Weg zum Lichtungsrand.

Sie stellten die Kiste ab und Grete folgte ihr ins Gebüsch. Markus und Sophie schauten aus der Ferne zu, wie die beiden im Schatten der Bäume ein dunkles Objekt, das etwa so lang wie ein mittelgrosser Tisch war, aufhoben. Als Markus begriff, was passierte, stellte er seine Last auf den Boden und wandte sich ab. Isolde sah nicht so grässlich aus, wie Sophie erwartet hatte; ausser zwei tropfenden, roten Stellen an der Fusssohle und an der Brusthatte ihr Aussehen sich fast gar nicht verändert. Man könnte sogar meinen, dass sie noch lebte, sogar als die beiden Erfahrenen sie vorsichtig ins Grab hineinlegten. Als Sophie aber sah, wie Charlotte ihre Augenlider zumachte, wurde ihr plötzlich schlecht: Der Rand ihres Blickfeldes fing an, schwarz zu werden, ihr Atem wurde schneller und sie bekam das Gefühl, dass sie jederzeit in sich zusammenbrechen könnte. Sie drehte sich von der makabren Szene weg, hörte aber immer noch, wie die anderen mit ihren Händen Dreck ins Grab schaufelten, und mit jedem Schaufeln wurde ihre Übelkeit grösser. Schlussendlich musste sie sich an Markus festhalten, um stehen zu bleiben. Irgendwann war es aber zu Ende und Sophie wagte einen kurzen Blick auf das Grab, das jetzt nur noch ein kleiner Hügel in der Mitte eines Loches war. Sie stolperte dann hinüber zum Lichtungsrand und lehnte sich an einen Baum, bis sie wieder richtig sehen konnte, bevor sie sich den anderen, die vor dem Grab standen, wieder anschloss.

Sie standen eine Weile in Stille da, bis Charlotte als erste sprach: „Ich hätte ihr gerne ein besseres Grab gegeben."

„Du bist halt unerfahren", antwortete Grete, „Du wirst noch viele Möglichkeiten kriegen, diese Fähigkeit zu erklären, solange du nicht jemand anderem als Übungsobjekt ausgeliefert wirst."

Die anderen folgten ihr dann zu den Kisten zurück, die sie dann zum Bahnhof hinuntertrugen. Ein altes Paar, das schon auf der Plattform wartete, beobachtete, wie die vier Teenager die zwei sesselgrossen Kartonkisten über den Parkplatz schleppten. Sie flüsterten etwas Nostalgisches untereinander und stiegen dann zwei Wagen vor ihnen in den Zug, der gerade ankam. Wegen der Grösse der Kisten musste die Gruppe zwei Viererabteilungen nehmen und Markus entschied sich, dass er lieber eine Abteilung mit den Kisten teilen würde, damit die anderen drei zusammensitzen konnten.

„Wisst ihr, Isolde war die letzte bei uns, die ich seit meinem Beitritt kannte." Grete sprach zuerst, nur einigen Sekunden, nachdem sie die Station verlassen hatten. „Über die Jahre sind viele verschwunden und viele Neue gekommen, aber sie war immer da, immer bei mir. Und ich dachte, dass sie wegen ihrer Waffe immer bei mir bleiben würde."

„Grete, ich habe eine Frage, die ich dir schon eine Weile stellen wollte." Charlotte sprach mit einer kalten Wut. „Wo warst du heute Morgen? Du bist doch sonst immer in der Hütte."

„Auf einer Mission", schoss sie wütend zurück, „Wo wäre ich sonst gewesen? Was glaubst du, dass ich sie selbst umgebracht habe? Du hast doch auch die Wunde gesehen, oder? Das war offensichtlich der Krabbelnde! Die wurde von einem seiner unterirdischen Angriffe durchbohrt!"

„Du musst nicht jedes grausige Detail wiederholen", sagte sie mit düsterem Blick und langsamer, klarer Stimme. „Ich weiss schon, wer sie getötet hat. Es war aber deine Verantwortung, sie zu beschützen."

„Und es war auch ihre!", erwiderte Grete, „Wie sollte ich bitte schön jemanden schützen, die sich selbst ins Höllenfeuer wirft?"

„Das genau verstehe ich aber nicht, wieso hat sie das getan?"

Es folgte eine längere Pause, bis die nächste sprach: „Ich glaube, ich weiss warum."

Die anderen zwei, die Sophie in der Hitze ihres Streites völlig vergessen hatten, schauten sie nun gespannt an: „Isolde hat mir gesagt, dass sie seit fünf Wochen die Hütte nicht verlassen hatte."

„Willst du damit sagen, dass sie …", fing Charlotte schockiert an, aber Grete unterbrach sie.

„Ja, Isolde liebte immer das Reisen." Sie wurde jetzt nost-
algisch. „Wir wollten mal Spanien besuchen. Und Italien. Und
sogar Amerika. Aber deswegen so etwas Drastisches zu machen?
Ihr Leben so aufs Spiel zu setzen? Aber ich sollte ihr das nicht
übelnehmen, wenn ich bedenke, wie lange sie so leben musste.
War sie aber so unglücklich bei mir …"

„Grete, es ist nicht deine Schuld." Sophie versuchte, sie zu
schonen. „Wir können nicht wissen, was Isolde sich dabei gedacht hat, aber ich bin mir sicher, dass du für sie eine wichtige
Freundin warst."

„… Danke." Grete sah für eine Sekunde so aus, als würde sie
bald anfangen zu weinen, riss sich aber schnell wieder zusammen.

Da Sophie wegen ihrer Unerfahrenheit nicht wusste, was sie
sonst sagen konnte, und weil Grete ihren Streit mit Charlotte
nicht vergessen würde, blieben sie den Rest des Weges ruhig sitzen. Nach einer halben Stunde mit Umsteigen und Kartenlesen
kamen sie schlussendlich an einem grauen Häuserkomplex in der
Stadt, der deutlich älter und dreckiger als Sophies Zuhause war,
an. An der Türe holte Grete einen dicken Schlüsselband hervor
und versuchte verschiedene Schlüssel für etwa eine Minute, bis
sie hineinkamen. Von da hiess es, weil es keinen Lift gab, die
Kisten drei Stockwerke hinaufzutragen und an der Türe einer
kleinen Ein-Personen-Wohnung zu deponieren. Dann verabschiedete sich die Gruppe. Grete blieb im neuen Hauptquartier,
Markus ging zum Bus und Sophie und Charlotte machten sich
auf den Weg zum Bahnhof. Als sie auf die einander entgegen-
gesetzten Züge warteten, fingen sie an zu reden.

„Isolde hat mir mal gesagt, dass nur die Stärkeren bei uns
überleben", erinnerte sich Sophie. „Aber neben Grete brachte
sie zwei anderen Namen als Beispiele."

„Eine davon war bestimmt Alexandra", sagte Charlotte, „Die
war unglaublich. Die Ausserirdischen mussten fünf gegen eins
gegen sie kämpfen, um sie zu bezwingen, und sogar dann sind
sie nur zu dritt weggelaufen. Das geschah vor etwa zwei Mo-
naten, zwei Wochen, nachdem ich dem Widerstand beigetreten war. Ich glaube, es war fünf Tage später, als wir auch noch

Helena verloren. Die aber hatte kein so dramatisches Ende: Es waren ich und Isolde, die mithilfe ihrer Waffe ihren letzten Aufenthaltsort fanden, also den Stadtgarten. Wir glauben, dass sie mit ihrer Waffe üben wollte und so unsere Gegner gelockt hatte. Jedenfalls war sie nicht während einer Mission verschwunden, weshalb wir sie erst einige Tage nach ihrem Tod am Flussrand fanden. Es war ein Wunder, dass sie trotz des schrecklichen Geruchs, den sie ausstrahlte, noch nicht von der Polizei gefunden worden war. Und jetzt ist auch noch Isolde, die mir beim Aufsammeln der Körperfetzen geholfen hatte, ohne deren Hilfe wir die anderen nie hätten finden können, tot. Und wieso all dieses Sterben? Ich kann mich an kein einziges Mal erinnern, wo wir den Invasoren im Weg standen. Es kommt immer nur zu Kämpfen, weil sie nach unserem Blut dürsten, sobald sie uns wittern!"

Etwas, das Charlotte gesagt hatte, brachte eine Kaskade von Gedanken hervor: „Sagtest du gerade, dass wir mindestens seit deinem Beitritt nichts gegen die Invasion unternehmen konnten?"

„Ja", sagte sie aus der Sache gebracht.

„Ich weiss noch, dass Zill, als ich meine Waffe bekam, mich fragte, ob ich einige Personen, die als Ausserirdischen Agenten verdächtigt wurden, kannte. Und als wir vorher einpackten, brachte Grete aus ihrem Zimmer etliche volle Ordner." Sophie führte ihren Gedanken zu Ende. „Das heisst, dass wir in letzter Zeit angefangen haben, den Kampf gegen die Ausserirdischen zu verlieren, vielleicht weil fast all die Starken, die Isolde erwähnt hatte, jetzt gestorben sind."

Als Charlotte über Sophies These nachdachte, bemerkten die beiden, wie ein Zug am Horizont erschien. Als Sophie dann einstieg und sich verabschiedete, wurde sie von Charlottes brennender, distanzierter Miene beunruhigt.

Was ist unsere nächste Mission?", fragte Charlotte Grete, „ die ihr auf der anderen Seite des quadratischen Tisches gegenübersass.

Es war Dienstagnachmittag, zwei Tage, nachdem sie Isolde verloren hatten, als sie das erste Widerstandstreffen im neuen Hauptquartier abhielten. Es war nicht so gemütlich wie das alte, hatte unbemalte, weisse Wände, einen hölzernen Boden und einen Tisch und Stühle aus Plastik. Wie das alte hatte dieses drei Zimmer, aber nur eins davon war ein Schlafzimmer; das andere war durch ein WC am Eingang ersetzt worden. Und wo es früher mit Büchern und Brettspiele beladene Regale gegeben hatte, hatten sie hier nur eine nagelneue Küchenzeile mit leeren Schubladen.

„Wir sind jetzt nicht imstande, Missionen durchzuführen", erklärte Grete, „Mit Isolde haben wir eine unserer wichtigsten Ressourcen im Kampf gegen die Ausserirdischen verloren, und zwar die Fähigkeit, nicht nur sie, sondern auch ihre Angriffe kommen zu sehen. Ihr habt alle gesehen, wie der Krabbelnde seine Angriffe unsichtbar durch den Boden leitet."

„Was sollen wir also stattdessen tun?", fragte Charlotte.

„Zill?" Grete wandte sich an die Lichtkugel, die einen Meter über der Tischmitte schwebte.

„Ich habe keine Waffen wie Isoldes", erklärte es, „Wir werden also lernen müssen, ohne ihre Hilfe zu kämpfen. Das wird schwierig sein, aber nicht unmöglich: Die Angriffe des Krabbelnden werden zum Beispiel gut sichtbar, wenn man auf hartem Untergrund steht."

Grete schaute das Lichtwesen einen Moment düster an: „Wie es aussieht, ist unsere jetzige Lage nicht so hoffnungslos, wie ich angenommen hatte." Charlotte schaute sie penetrant und erwartungsvoll an, während sie kurz nachdachte. „Wir könnten Isoldes Plan, das gegnerische Hauptquartier zu finden, weiterführen. Dafür müssten wir aber den Fliegenden ausschalten – und den kann man nicht so einfach hervorlocken …"

„Kennt ihr vielleicht einen ausserirdischen Stützpunkt, den wir angreifen könnten?", schlug Sophie vor.

„Nicht definitiv", sagte Zill, „Aber es sind alle wichtige Menscheneinrichtungen. Wenn wir sie dort angreifen würden, würden wir die Falschen provozieren. Wir könnten aber versuchen, einen von ihnen in eine Falle zu locken. Der Fliegende, der immer unsere Konfrontationen von oben beobachtet, würde versuchen, seinem Kameraden zu helfen." Grete und Charlotte machten aus dieser Idee einen funktionellen Plan. Als Durchführungsort wählten sie eine alte Fabrik, die bald wegen Bauarbeiten abgerissenwerden sollte, und sie entschieden sich, dass alle mitkommen sollten. Über die Frage, ob Sophie eine aktive Rolle im Kampf spielen sollte, stritten die beiden lange, aber schlussendlich konnte Charlotte Grete überzeugen, dass in lebensbedrohlichen Situationen die Mitkämpfer wichtiger waren als ihre Geheimwaffe. Dann kamen sie zum Durchführungsdatum und Markus und Sophie, die bis dann nur ruhig zugehört hatten, mussten etliche Vorschläge abschlagen, sodass die anderen schliesslich akzeptieren mussten, dass ihre Stundenpläne ausserhalb der Mittagspause nie drei gleichzeitige Freistunden gewährten. So kam es, dass sie Samstagnachmittag abmachten.

„Bevor ihr geht, könnten wir noch eine Runde *Puerto Rico* spielen?", schlug Grete vor.

„Ja, okay", sagte Charlotte zögernd, „Etwas Kürzeres wäre aber besser."

„Wir müssen es nicht ganz durchspielen", argumentierte Grete, „Wir könnten es, wenn ihr geht, einfach liegenlassen und ein anderes Mal fertigspielen."

Sophie, die ihren Heimweg im Kopf schon völlig ausgeplant hatte, war ein bisschen genervt, aber wenn sie bedachte, dass sie Grete und Markus bis Samstag nicht sehen würde, war sie froh über diese kleine Verzögerung. Wie sich aber herausstellte, war diese Verzögerung viel grösser, als sie erwartet hatte: Erst nach einer Viertelstunde mit Erklärungen und etlichen Fragen konnten sie die erste Runde spielen, die zehn Minuten dauerte, weil alle schon vergessen hatten, wie die dutzenden Spielsysteme funktionierten. Nach einigen Runden aber gewöhnten sie sich an die komischen Spielregeln und fingen an, schneller voranzukommen. Natürlich war die Erfahrenste am Gewinnen, aber die anderen drei waren punktmässig nicht weit hinter ihr; vor allem Markus hatte durch seine langsame, methodische Spielweise jeden seiner Züge voll ausgenutzt. Schlussendlich schafften sie es doch, einige Minuten, bevor Charlotte gehen musste, fertigzuspielen, und es stellte sich heraus, dass Markus irgendwie einige Punkte mehr als Grete bekommen hatte. Nachdem sie noch einige letzte Minuten geplaudert hatten, entschieden sich Markus und Sophie, sich mit Charlotte zu verabschieden. Als sich ihre Wege dann trennten, merkten sie, dass Grete ihnen vom Balkon aus lächelnd zuwinkte.

Zwei Tage später wartete Sophie an der Schulhaustüre. Einige ihrer Klassenkameradinnen hatten dies bemerkt und flüsterten unter sich etliche Theorien, warum sie nicht wie gewöhnlich in der Halle ihre täglichen Sandwiches ass. Als sie sich dann entschieden, ihr Takeaway-Essen auf einer Bank in der Nähe zu essen, wollte Sophie wegrennen, aber ohne ihr Handy gab es keine Möglichkeit, den Treffpunkt zu verschieben.

Nach einer Minute, als die Mädchen schon abgelenkt waren, kam Charlotte: „Unsere Bioprüfung dauerte zehn Minuten zu lange."

Das war das erste Mal, dass die beiden nicht alleine assen, also wussten sie nicht, was tun. Charlotte schlug vor, etwas zu kaufen. Als sie das Schulgelände über den kleinen Betonplatz verliessen, wurde das Flüstern der anderen Mädchen kurz lauter. Sophie hatte bis dann das Gebiet um die Schule nur wenig erkundet, also konnte sie nur Charlotte durch die von mehrstöckigen Häuser eingekesselten Strassen zu einem grossen Laden folgen. Als sie sich dort kurz zum Essensuchen trennten, bemerkte Sophie, dass sich dort dutzende gleichgesinnte Schüler umhertrieben, und als sie sich an der Kasse wieder trafen, erklärte Charlotte, dass sie das übliche Gedränge um einige Minuten verpasst hatten. Auf dem Rückweg redeten sie noch über Schulangelegenheiten, aber als sie sich in der Halle an einen

Achtpersonentisch setzten und das Essen auspackten, kamen sie zu weniger oberflächlichen Themen.

„Was glaubst du, macht Grete diese Woche?", wunderte sich Charlotte. „Sie ist in dieser Wohnung ganz allein."

„Ja, jetzt hat sie niemand mehr", realisierte Sophie.

„Ausser Zill", sagte Charlotte, „Aber der taucht nur auf, wenn etwas wirklich Wichtiges passiert, und selbst dann ist er kein interessanter Gesprächspartner. Könnten wir sie morgen besuchen?"

„Ich glaube nicht, dass wir genug Zeit dafür haben. Aber dass du so etwas vorschlägst. Ich dachte, dass du sie hasst!"

Charlotte brauchte einen Moment, um die richtigen Wörter zu finden: „Es ist so, dass ich sie nicht mag: Ich finde, dass sie eine selbstsüchtige Person ist, die in ihrem Leben kein grösseres Ziel verfolgt und alle wichtigen Werte beiseitelegt, um sich selbst zu retten. Ich glaube nicht, dass du sie jemals so erlebt hast, aber du wirst es sicher mindestens einamal sehen, und zwar wenn du in der Klemme steckst und die Ausserirdischen ihre Waffen auf dich richten. Nur das ist aber nicht annähernd genug, um sie als Teufel hinzurichten, und kein Mensch hat es verdient, wochenlang allein in einem Betonkäfig gefangen zu sein."

Sie entschieden sich, ab dann Grete mindestens zweimal in der Woche zu besuchen.

Als Samstag dann endlich kam, fühlte sich Sophie unglaublich nervös. Sie hatte in der Nacht davor fast nicht schlafen können und hatte beim Frühstück keinen Appetit.

„Was ist los?" Natürlich hatte ihr Vater ihren vollen Teller bemerkt.

„Prüfungsstress." Sophie verwendete das fremde Problem ihrer Klassenkameraden als Entschuldigung.

„Ach wirklich?" Ihr Vater war ganz und gar nicht überzeugt.

„Für welche Prüfungen hast du gelernt?"

„Franz und Englisch." Sie nahm ihre zwei schlechtesten Fächer.

„Aber wieso hast du am Abend vor dem Wochenende so heftig gelernt?" Als Sophie schnell eine Ausrede zu erfinden versuchte, sprach er weiter. „Hat das etwas mit deinen neuen Freunden zu tun?"

Sophie seufzte: „Ja. Bei unserem letzten Treffen … da haben sich zwei von uns ziemlich heftig gestritten. Und eine hat die Gruppe ganz verlassen. Ich hoffe nur, dass sie sich bald versöhnen werden und dass niemand mehr die Gruppe verlassen wird."

Er gab sich mit dieser Antwort zufrieden und vier Stunden später, als sie die Wohnung verliess, sagte er nur wie immer, dass sie sich vor Autos in Acht nehmen sollte.

Um eins traf sich die Gruppe an dem Durchführungsort am nächsten Bahnhof. Wie sich herausstellte, wohnte Markus in der Nähe und kannte alle guten Restaurants im Quartier, die er eines nach dem anderen als Vorschlag brachte, bis sie eines fanden, das allen passte. Es war eine kleine Pizzeria, die auf der Strasse der Fabrik gegenüberlag. Nachdem sie bestellt hatten, sassen sie draussen an einem Tisch mit Sonnenschirm: Das Dorf, in dem Markus wohnte, lag einige Stationen flussaufwärts von Sophies, und war noch von ein- und zweistöckigen Häuser dominiert, wie diese Pizzeria, und hatte sogar hinter der Fabrik einige Bäume. Die vielen, hohen Baugespanne in der Nähe liessen aber leicht erkennen, dass es nicht mehr lange so sein würde. Schon bald würden all diese kleinen Gebäude dem Erdboden gleich gemacht und durch etliche Bienenstöcke aus Beton ersetzt werden.

„Wie lange brauchen sie noch?" Charlotte zog sie aus ihren düsteren Gedanken heraus. „Wir warten schon eine Viertelstunde."

„Stress dich nicht, Charlotte, wir haben noch den ganzen Nachmittag", sagte Grete.

„Normalerweise dauert es etwa zwanzig Minuten", erklärte Markus, „Aber weil wir heute die einzigen hier sind, sollte es schon etwas schneller gehen."

Nach drei langen Minuten brachte der Kellner endlich die Pizzas, blieb aber eine Weile und redete mit Markus. Er machte einige dumme Kommentare, die sich widersprechende Implikationen hatten, die Markus verlegen abstritt, lachte dann freundlich und ging.

„Wer war das?", fragte Charlotte.

„Ein Freund meines Bruders", erklärte er, „Wir kennen uns nicht besonders gut, aber er ist ein freundlicher Typ."

Die Mädchen waren sich über seine Einschätzung nicht so sicher, sagten das aber nicht und fingen an zu essen. Überraschenderweise waren die Pizzas, die in diesem kleinen, alten, etwas dreckigen Restaurant gemacht worden waren, einige der besten, die sie je gegessen hatten, und mit dem kühlen Wind, der durch die Strassen wehte, der nicht allzu warmen Sonne und der fast leeren Strasse war ihre Mahlzeit recht gemütlich. Es liess sie fast vergessen, dass ein harter Kampf bevorstand: Um von normalen Leuten nicht gesehen zu werden und den Fliegenden zu fangen, entschieden sie sich, im Lagerhaus zu warten. Markus und Charlotte versteckten sich beim Eingang hinter zwei der grossen, quadratischen Säulen, die in zwei Reihen das Dach, das etwa drei Meter über ihnen hing, trugen, während Sophie und Grete ihre Waffen anschalteten. Dann warteten sie angespannt im dreckigen, übelriechenden Raum und gewöhnten ihre Augen sich an die Dunkelheit, die den kleinen, schmutzigen Fenstern zu verdanken war. Von dort, wo Sophie an der Rückwand stand, konnte sie sehen, wie Markus' und Charlottes Finger erwartungsvoll zitterten. Grete aber rührte sich nicht und konzentrierte sich ganz auf die grosse Doppeltüre. Langsam gewöhnte sich Sophie auch an die Ruhe und fing an, das ferne Geräusch von Autos und das dumpfe Vogelgezwitscher von aussen wahrzunehmen.

Plötzlich aber verstummten die Vögel und Sophie bemerkte, wie ein zylinderförmiger Schatten am Fenster links von ihr vorbeihuschte. Dann öffnete sich die Türe: Ein zweiter Zylinder, der fast so gross war, dass er nicht hineinpasste, rollte langsam mit einem nassen, schleimigen Geräusch hinein und in der kurzen Zeit, wo die Türe offen war, sah Sophie, dass er wie eine Schnecke eine Schleimspur hinter sich liess. Es kam ein bisschen weiter und blieb schliesslich nach fünf Metern stehen. Als Grete dann ihren Arm nach vorne streckte, wahrscheinlich war es der Speer, hörte Sophie ein knackendes Geräusch von links und sah, wie ein kleiner Ritz am Boden sich blitzschnell nach

Grete ausstreckte. Wie letztes Mal bemerkte sie es und der Angriff schoss unter ihr durch und eine Säule hinauf, wo es stoppte. Als ein zweites Geräusch signalisierte, dass sich das unterirdische Tentakel wieder zurückzog, schoss ein blauer Lichtstrahl vom Eingang aus auf den Zylinder und traf ihn auf der Seite, wo er eine kleine Einbuchtung hinterliess. Markus, der jetzt eine graue, tischgrosse Scheibe hielt, versteckte sich wieder hinter der Säule, aber der Rollende ignorierte seinen Angriff und schoss mit unglaublicher Geschwindigkeit auf Grete zu, die sich, um auszuweichen, fast einen ganzen Meter über den Boden erhob. Der Zylinder verlangsamte sich aber nicht und Sophie musste nach rechts zur Seite springen, um nicht zwischen ihm und der Mauer zerquetscht zu werden. Beim Aufprall löste sich aber ein bisschen Schleim von ihm und landete auf Sophies linkem Knie, das nun so fest am Boden klebte, dass sie nicht mehr aufstehen konnte. Der Ausserirdische wurde von noch einem Lichtstrahl getroffen, aber nicht am selben Ort, und als Sophie nach links schaute, sah sie, wie Markus, statt sich wieder zu verstecken, von der Säule wegrannte, von wo eine kleine Ritze im Boden ihn verfolgte. Bevor sie ihn aber einholen konnte, packte Grete ihn an den Achseln und hob ihn in die Höhe. Aus ihrem Augenwinkel bemerkte Sophie, wie Charlotte sich langsam hinter den Säulen an den Rollenden heranschlich, der nun direkt unter Grete und Markus hin und her rollte. Bevor sie aber zuschlagen konnte, schossen einige Metallkugeln durch den Raum und hätten Markus quer im Bauch getroffen, wenn Grete nicht so schnell reagiert hätte. Trotzdem färbten von seinem linken Oberarm fallende Bluttropfen den Schleim unter ihm rot, als der Fliegende hereinschwebte. Er versuchte, mit der Waffe auf den Fliegenden zu zielen, aber sein linker Arm versagte und um sie nicht in den Schleim zu verlieren, warf er sie nach rechts, wo sie neben Charlotte klappernd zum Boden fiel. Die Ausserirdischen waren aber völlig auf Grete und Markus konzentriert und bemerkten nicht, wie Charlotte mit grosser Mühe die Platte aufstellte und auf den Fliegenden zielte. Als dieser dann seine Metallkugeln auf seine zappelnden Opfer zurückschiessen liess, wurde er von einem blauen Lichtstrahl getroffen und fiel auf der anderen Seite der Schleimspur zu Boden, sodass seine Kugeln ihren Kurs genug veränderten, um ihr Ziel zu verfehlen. Charlotte hatte mit diesem Angriff die Konzentration der Zylinder auf sich gelenkt und eine Ritze schoss von der anderen Raumseite auf sie zu. Das hatte sie aber erwartet und kletterte schon eine Säule hoch, wo sie wartete, bis sie fast bei ihr war, und dann über die Schleimspur auf die andere Zimmerseite sprang, wo sie geschickt abrollte und sofort den Fliegenden anrannte. Der Rollende drehte sich auf der Stelle, um ihr zu folgen, aber Grete, die Markus auf einem dicken Dachbalken deponiert hatte, packte ihn mit ihren unsichtbaren Händen. Als sie sich dem Zylinder näherte, musste Charlotte noch einem panisch abgeschossenen Hagel Metallkugeln ausweichen, bevor sie ihre Hände auf seine dicke Rüstung legen und diese verschwinden lassen konnte. Im rötlichen Licht des jetzt enthüllten Maschinenkerns gebadet, nahm Charlotte einen Schritt rückwärts und griff in der Handtasche nach ihrer Pistole. Dann hörten sie aber das knackende Geräusch von brechendem Beton und bevor Charlotte reagieren konnte, hatte die Ritze ihren Fuss erreicht. Sie konnte nicht mal aufschreien, als das dünne Tentakel all ihre Organe durchbohrte und aus ihrem Hals herausstach. Für eine Sekunde peitschte es noch blutig in der Luft herum und bekleckste Boden und Wände rot, schoss dann zurück und liess sie wie eine seelenlose Puppe fallen. Dann schleuderte Grete den Rollenden quer auf den Fliegenden hin und traf ihn in der Wunde; ein grelles, rotes Licht erhellte den Raum für einige Sekunden und als Sophie wieder sehen konnte, war der Fliegende verschwunden und der Rollende einigermassen dünner und roter. Grete hatte aber keine Sekunde verschwendet und war in dieser kurzen Zeit fast wieder bei ihm angekommen. Er setzte sich sofort wieder in Bewegung und konnte ihr nur knapp entkommen, indem er die dünne Lagerhauswand durchschlug. Sophie hatte aber nichts davon mitbekommen: Ihre Augen waren völlig an Charlotte geheftet, die nun von einer dünnen Schleimschicht bedeckt war, die sich beim Wurf vom Rollenden gelöst hatte.

Sie merkte auch nicht, wie Grete ihr etwas zuschrie und Markus vom Balken herunterholte.

„Sophie, wach endlich auf!" Ein zweites Schreien von Grete brachte sie aus ihrer Trance heraus.

„Was ist es?" Ein leeres, kaltes Gefühl breitete sich in ihrer Brust aus, als sie Gretes Befehl folgte und den Schleim um ihre Knie, der ein bisschen dünner geworden war, wegriss.

„Ich gehe jetzt zum Hauptquartier zurück, um Markus zu heilen", teilte ihr Grete mit und ging mit Markus, dessen Schulter sie mit abgerissenem Stoff bandagiert hatte, in die helle Nachmittagssonne hinaus.

Sophie aber blieb im Dunkeln sitzen und schaute Charlotte an. Während der Schleim sich langsam abbaute, blieb Sophies Kopf leer. Als Charlotte endlich sichtbar wurde, blieb er leer. Als der Schleim, der den Raum teilte, endlich verschwand und sie durchliess, blieb er leer. Als sie dann durch das Zimmer lief und neben ihrer Freundin stehen blieb und der metallische Geruch von Blut ihre Nase füllte, fing sie an, leise zu weinen.

Sophie sass allein am üblichen Tisch in der Schulhalle und ass einen Apfel, den sie mit einem Stück Brot als Mittagessen mitgenommen hatte. Alle anderen Tische im grossen, rechteckigen Raum waren auch besetzt, aber immer mit mindestens zwei Personen, und die einzelnen Gespräche vermischten sich zu einer ungewöhnlich lauten Hintergrundmusik, die von einem vermissten Mädchen und einem Polizeibesuch handelte. Sophie war im Rahmen dieser Investigation natürlich auch befragt worden, aber ihre Antworten waren langweilig genug gewesen, dass sie nicht mehr verdächtigt wurde, zumindest nicht von der Polizei. Ihre Klassenkameradinnen hatten allen erzählt, was sie in der letzten

Woche gesehen hatten, und so etliche Verschwörungstheorien in die Welt gebracht, wovon lustigerweise keine so ausgefallen war wie die Wahrheit. Als das Läuten das Ende der Mittagspause verkündete und die letzten Schüler schnell in ihre Klassenzimmer zurückkehrten, blieb Sophie sitzen. Als der Saal dann bis auf einige wenige leer war, stand sie auf, lief quer durch den Raum und aus der Türe.

Als sie dann einige Minuten von der Schule entfernt am Bahnhof wartete, zögerte sie kurz, aber die schwere Handtasche, die sie als Erinnerung an den letzten Kampf mitgenommen hatte, liess das Feuer in ihrem Herz nicht ausgehen.

Grete war recht überrascht, als Sophie am Donnerstagnachmittag an ihre Türe klopfte, aber der Besuch erfreute sie unglaublich: „Sophie, komm herein! Willst du etwas zu trinken?"

„Hast du Apfelschorle?", fragte Sophie, als sie sich setzte.

„Ich glaube schon." Sie holte zwei von fünf Gläsern aus dem Küchenschrank und eine Plastikflasche aus dem Kühlschrank, der sich seit ihrem letzten Besuch ein wenig gefüllt hatte, und stellte sie auf den Tisch, eines vor Sophie und das andere ihr gegenüber.

Als sie die Gläser dann füllte, fragte sie düster: „Wieso kommst du gerade jetzt ins Hauptquartier?"

„Ich kann einfach nicht bis Samstag warten", erklärt sie, als Grete sich ihr gegenübersetzte.

„Natürlich", seufzte sie, „Warum wärst du sonst hier? Könnten wir aber noch ein bisschen warten, bevor wir losgehen? Ich nehme an, dass du nach der Mission nicht zur Schule zurückgehen willst."

Sophie nickte und trank einen Schluck Apfelschorle.

„Dann werde ich mal *Lost Cities* holen", entschied sich Grete, „Es ist für zwei Spieler gemacht."

Als sie in ihr Zimmer ging, schluckte Sophie den Rest der dunkelgrünen Flüssigkeit hinab und füllte ihr Glas wieder. Grete kehrte bald mit einer kleinen Kartonkiste zurück und holte einen Stapel mittelgrosser Karten heraus. Das Spiel war recht simpel: Es gab fünf verschiedene Kartenfarben, die Zahlen von eins bis zehn hatten, die man aufeinanderlegen musste. So konnten sie schon bald anfangen und, weil das Spiel schnell ging, hatten sie schon bald einige Runden gespielt.

„Ich verstehe nicht, warum der Titel dieses Spiels in einer Fremdsprache ist", klagte Grete, „Was soll das überhaupt heissen, *„Lost Cities"*?"

„Verlorene Städte, glaub ich", erklärte Sophie, „Es ist, glaub ich, Englisch."

„Charlotte sprach doch Englisch, oder?", erinnerte sich Grete und warf einen Blick auf die Handtasche, die Sophie immer noch trug. „Was hast du eigentlich mit ihr gemacht, als wir gegangen sind?"

„Ich habe sie begraben", fuhr sie sie an, „Wie sie es gewollt hätte."

Grete zog die letzte Karte und beendete so das Spiel. In der Punkterechnung stellte sich heraus, dass sie gewonnen hatte.

„Wir sollten jetzt gehen", sagte Sophie, „Wenn wir noch länger warten, wird es zu dunkel werden, um sie zu verfolgen."

Grete stimmte zu und die beiden standen auf, sie wartete aber, bis Sophie an ihr vorbeilief, und fasste sie am Arm. Es pikste kurz.

Bevor Sophie aber fragen konnte, fing sie an, zu erklären: „Meine Waffe lässt mich die Waffen unserer toten Kameraden bergen. Ich habe gerade Isoldes genutzt. Als sie gestorben ist, wurde sie aber beschädigt, weshalb sie den Ausserirdischen nicht mehr detektieren kann; es sendet mir aber immer noch deinen Aufenthaltsort, womit ich dir nachher aus der Ferne folgen kann."

Sophie war trotzdem genervt, wollte aber nicht wie ein Kind über eine kleine Unhöflichkeit streiten, also gingen sie.

Diesmal wählten sie eine kleine Waldlichtung in der Nähe als Durchführungsort: Grete stand in der Mitte, während Sophie einige Meter entfernt auf einer Bank sass. Ohne den Fliegenden dauerte es viel länger als üblich, bis ein Zylinder ankam, aber als sie knackende Stöcke hörten, stand Sophie sofort auf und rannte über trocknes Gras auf das Geräusch zu. Der Krabbelnde stoppte am Lichtungsrand und schaute vorsichtig um sich herum, während Sophie sich verlangsamte, um nicht gehört zu werden. Als der Ausserirdische aber Grete erkannte, drehte er sich um und krabbelte weg, sodass sie wieder rennen musste. Obwohl er sehr deutliche Spuren hinterliess, verlangsamte sie sich trotz ihrer brennenden Muskeln nicht. Als sie dann einige Minuten später am Waldrand ankamen und er in den parallellaufenden Fluss sprang, um keine Spuren zu hinterlassen, wusste sie, dass sie die richtige Wahl getroffen hatte. Als der Krabbelnde sich an das steile, gegenüberliegende Flussufer presste, um von der Strasse auf der anderen Seite aus nicht gesehen zu werden, war Sophie ihm schon einige Meter voraus. Für einige Minuten musste sie noch durch hohes Gras und Schlamm rennen, bis sie zu einem steinigen Waldweg kam, der parallel zum Fluss verlief. Der Ausserirdische entschied sich, ein bisschen langsamer und leiser zu gehen, sobald er sicher war, dass niemand ihm folgte. So konnte Sophie ihm im gemütlichen Tempo den Fluss hinauffolgen, bis sie zum nächsten Dorf kamen. Da kam er wieder auf Sophies Seite, zog sich die Ufer hinauf und lief an ihr vorbei wieder in den Wald. Die Dornen am Wegrand stachen ihr in die Hände, als sie diese hastig beiseite drückte, aber sie konnte es sich nicht leisten, langsamer zu gehen, denn der Krabbelnde hatte sein Tempo wieder erhöht. Zum Glück musste sie nicht mehr lange rennen, weil der Ausserirdische sich wieder verlangsamte, als er den Wald verliess und quer durch ein Weizenfeld auf einen alten Bauernhof zulief. Da Sophie nicht in den letzten Sekunden auffallen wollte, weil sie die Pflanzen zertrampelt hatte, schaute sie vom Waldrand zu, wie das Scheunentor sich öffnete und den Krabbelnden hineinliess.

Sie hätte dann gehen können; ihre Mission war beendet Aber Sophie wollte mit eigenen Augen sehen, was diese Monster dort drinnen trieben. Sie lief die Grenze zwischen Wald und Feld entlang, bis sie an der Schotterstrasse, die zum Bauernhof führte, ankam. Dann musste sie zwischen dem grossen Weizen rechts von ihr und den lauten Steinen links von ihr entscheiden. Anfänglich wollte sie links gehen, aber dann überlegte sie, dass die Ausserirdischen sich innen verstecken wollten, und ging sie rechts. Als sie fast an der Scheune angelangt war, öffnete sich das Tor.

Ängstlich sprang sie schnell auf die Kiesel, was ein lautes, knirschendes Geräusch machte, und blieb wie angewurzelt stehen. „Hast du das gehört?" Es war eine Mädchenstimme, die aus der Scheune kam.

„Was, Beatrice?" Zwei Mädchen, ungefähr so alt wie Sophie, verliessen das Gebäude.

„Es war wahrscheinlich nichts", sagte die Blondine, die zuerst gesprochen hatte, „Ich dachte nur, dass jemand hier draussen herumlief."

„Sei nicht so paranoid; ich habe auf dem Rückweg gut aufgepasst, dass sie mir nicht gefolgt ist", versicherte ihr die Rothaarige. Waren das die Ausserirdischen? Hatten sie sich als Menschen verkleidet?

Als Sophie schon nach der Handtasche griff, ihre Augen auf die Rothaarige gerichtet, sagte die Blondine: „Ja, aber letztes Mal, als wir den Ausserirdischen begegnet sind, haben sie uns eine Falle gestellt. Und das hat Gioia ihr Leben gekostet! Was, glaubst du, machte sie im Wald?,,

„Ich weiss nicht, was sie genau getan hat", gab die Rothaarige zu, „Aber es war bestimmt etwas Schlimmes! Weisst du, ich habe sie vor ein paar Wochen bei einer Schule gefunden. Diese armen Kinder sind wahrscheinlich jetzt alle tot!"

„Carla, Zill hat doch gesagt, dass sie Spione sind", erinnerte sie die Blondine, also Beatrice, „Sie würden nicht grundlos Kinder töten."

„Hoffentlich hast du recht", sagte Carla, die Krabbelnde, „Jedenfalls hoffe ich, dass diese fliegende Glühbirne uns bald neue Waffen gibt, damit wir ihr nicht so hilflos ausgesetzt sind."

Die beiden redeten weiter, als sie ahnungslos an Sophie vorbeiliefen, aber sie hörte nicht mehr zu. Zill. Wenn sie darüber nachdachte, hatte sie nie irgendetwas über ihn gewusst, ausser was er ihr erzählt hatte. Was er ihnen allen erzählt hatte, auch diesen zwei Mädchen. Brennende Wut und Entsetzten vermischten sich in ihrer Seele und drängten alles andere hinaus. Sie drehte sich um, aber die Mädchen waren auf ihren Velos, die sie gegen die Hauswand gelehnt hatten, weggefahren. Es gab aber eine, die irgendwo in der Nähe sein musste: Grete. Sie rannte aus dem Bauernhof, ohne sich Gedanken über den Lärm zu machen, und rief mit voller Stimme ihren Namen. Sie schaute wild um sich umher, als sie die Strasse hinunterrannte und noch einen Schrei ausstiess.

So ging sie weiter und weiter, bis jemand aus dem Gebüsch zurief: „Hast du es gefunden?"

„Grete!" Sophie stoppte ausser Atem, als sie hervorkam. „Zill! Zill hat uns angelogen! Er ..."

Ihre Miene verdüsterte sich. „Ich hätte das erwarten sollen."

„Wie ... Wie meinst du das?" Sophie ging einen Schritt zurück und Grete seufzte.

„Sophie, denkst du, dass du das, was du hier gehört hast, vergessen könntest?", fragte sie.

Ein eisiger Schauer lief Sophies Rücken hinab, als sie ihre Aufforderung verstand.

Nach einer kurzen Stille sprach Grete weiter. „Sophie, ich habe Isoldes Waffe an dir angewendet, ich kann dich jederzeit aufspüren. Es gibt kein Entkommen, es gibt kein Erbarmen, es gibt nur Gehorchen oder Tod."

Als Sophie immer noch nicht antwortete, öffnete sie wieder ihren Mund: „Sophie, ausserhalb unserer Gruppe bin ich alleine; meine Freunde und Familie von vorher sind schon längst tot. Ich habe nur noch dich und Markus. Aber wenn Markus oder irgendwelche anderen Menschen mitbekommen, was du weisst, wird mich Zill töten. Hebe also deine Unsichtbarkeit auf und lass uns reden! Das ist deine letzte Chance."

Nach einigen Momenten hob Grete ihren rechten Arm und zielte auf Sophie, die sich in der letzten Sekunde zusammenraffte und auswich. Sie konnte den Speer zwar nicht sehen, hörte aber, wie er die Blätter hinter ihr zerriss und im Boden stecken blieb. Während Sophie aber abgelenkt war, sprang Grete seitwärts auf sie und drückte sie gegen den Boden.

„Das ist deine letzte Chance", sagte Grete, als sie ihren rechten Arm auf sie richtete, „Ich will dir nicht ..."

Knall. Ein lautes Geräusch echote durch die Gegend und eine warme Flüssigkeit tropfte von oben auf Sophies Kleider. Grete sackte zusammen und Sophie musste ihren schweren Körper mit dem linken Arm beiseiteschieben, um aufzustehen. Sie richtete zitternd Charlottes Pistole auf Grete, die ihren Bauch ungläubig antastete.

Als sie ihre rote Hand anschaute, fing sie an, leise zu lachen: „Eine Pistole. All diesen magischen, ausserirdischen Waffen und ich werde von einer Pistole getötet."

Unglaublich viel Blut kam aus der Wunde und färbte ihre Kleidung rot.

„Sophie, du Vollidiot." Grete schaute mit schmerzverzerrtem Gesicht zu ihr hinauf. „Jetzt sind wir nur noch zu zweit."

Ihr Kopf fiel zur Seite, ihre Augen noch ein wenig geöffnet. Sophie liess die Pistole fast fallen, steckte sie aber zurück in ihre Handtasche und rannte die Strasse entlang weg. Als sie dann am Dorfrand ankam, riss sie die blutbeschmierte untere Hälfte ihres Oberteils ab und versteckte es mit der Pistole.

Als sie zu Hause ankam, wusch sie alles in ihrer Handtasche, bevor sie das Oberteil tief im Mülleimer unter einem Haufen Essenreste und die Handtasche samt Pistole in ihrem Schrank versteckte. Dann wickelte sie sich zitternd in ihrer Bettdecke.

„Ich hätte nicht gedacht, dass du sie umbringen könntest." Zill war am helllichten Tag in ihrem Zimmer.

„Geh weg", zischte Sophie.

„Na gut", sagte es, „Ich werde warten, bis dieser abnormale Zustand beendet ist, damit wir eine stabile Abmachung aushandeln können. Du solltest dir aber bewusst sein, dass du die Informationen, die du heute gespeichert hast, nicht weitergeben darfst und dass dieses regelwidrige Verhalten zur Termination sämtlicher Menschen führen wird."

Sophie packte ihr Kissen und schleuderte es auf das Licht zu, das aber verschwand, bevor sie es treffen konnte.

Wie jeden Morgen sass Sophie allein am Tisch und ass in Ruhe ihr Müesli: Ihre Eltern und ihr Bruder mussten nämlich erst in einer Stunde aufstehen, um rechtzeitig aus dem Hause zu kommen, und wollten diese Zeit ausnutzen. Glücklicherweise hatten sie von der Schule noch keinen Anruf bekommen und wussten nur, dass Sophie gestern Abend keinen Appetit gehabt hatte. Als die elektronische Uhr auf ihrem Handybildschirm Viertel nach erreichte, stand sie auf, steckte ihre Schüssel in die Spülmaschine, zog ihre Schuhe an und nahm den Rucksack. Als sie dann ihre Hand auf die Türklinke legte, zögerte sie kurz, als sie sich an etwas erinnerte: Hastig eilte sie in die Küche zurück und nahm den Plastiksack aus dem Kübel.

Sie kam etwa zehn Minuten nach Unterrichtsbeginn an, weil sie wegen eines kleinen Umweges den Bus verpasst hatte, und lief ruhig und schnell durch das Klassenzimmer. Die Lehrerin, die gestern Nachmittag nicht unterrichtet hatte, fragte, warum sie so spät kam, und Sophie antwortete, dass ihr Zug verspätet gewesen war. Sie nahm dann ihre Unterlagen hervor und starrte sie mit unkonzentrierten Augen an, während die Lehrerin für die übrige halbe Stunde vor sich hinredete. Dann kam die Pause, dann der Unterricht. Der Lehrer fragte, wo sie gestern war, und sie sagte, dass sie vergessen hatte, einen Arzttermin zu melden. Dann fing die zweite Stunde an, die Sophie wie die erste völlig ignorierte, dann die dritte, die vierte, die fünfte. Erst als die Glocke die Mittagspause ankündigte, stand sie wieder auf und machte sich auf den Weg zum Bahnhof. Von da nahm sie den Zug zu Gretes Wohnung, wo sie vor der Haustüre sass und wartete. Obwohl sie wusste, dass Markus nicht kommen würde, gab sie die Hoffnung nicht auf, weil er kommen musste, damit sie nicht allein sein würde. Damit sie irgendjemand hatte, mit dem sie über gestern reden konnte. Sie versuchte vergeblich, eine Nachricht in den Gruppenchat zu schicken, aber Zill hatte sie immer noch blockiert.

„Bist du jetzt zum Reden bereit?" Sie schaute vom Bildschirm auf und sah es vor ihr schweben.

„… Ja."

„Du hast zwei Optionen." Es verschwendete keine Zeit. „Deine Funktion als Versuchskaninchen für unsere Waffe ist nicht mehr nötig, also musst du entweder sterben oder die alte Funktion von Grete, die dafür sorgte, dass wir immer mindestens fünf Menschen hatten, annehmen. Schreibe also 1 oder 2 in den Chat, wenn du dich entschieden hast, und falls du die erste Option wählst, würden wir es sehr schätzen, wenn du dich selbst umbringen könntest."

Zill verschwand wieder.

EIN HERZ FÜR AUTOREN A HEART FOR AUTHORS À L'ÉCOUTE DES AUTEURS MIA KAPΔIA ΓIA ΣYΓΓPA
HJÄRTA FÖR FÖRFATTARE UN CORAZÓN POR LOS AUTORES YAZARLARIMIZA GÖNÜL VERELIM SZÍV
CUORE PER AUTORI ET HJERTE FOR FORFATTERE EEN HART VOOR SCHRIJVERS TEMOS OS AUTO
ZERZŐINKÉRT SERCE DLA AUTORÓW EIN HERZ FÜR AUTOREN A HEART FOR AUTHORS À L'ÉCOUT
CORAÇÃO BCEЙ ДУШОЙ K ABTOPAM ETT HJÄRTA FÖR FÖRFATTARE Á LA ESCUCHA DE LOS AUTORI
AUTEURS MIA KAPΔIA ΓIA ΣYΓΓPAΦEIΣ UN CUORE PER AUTORI ET HJERTE FOR FORFATTERE EEN H
YAZARLARIMIZ ZERZŐINKÉRT SERCE DLA AUTORÓW EIN HERZ FÜR
VOOR SCHRI OS OS A CORAÇÃO BCEЙ ДУШОЙ K ABTOPAM ETT HJÄRTA FÖR

Der Autor

Alexander Jackson wurde in Oxford in England ge-
boren und wuchs in einem Vorort von Zürich in der
Schweiz auf. 2018 zog die Familie nach Uitikon, wo
er mit seinem Vater lebt. Er hat auch zwei jüngere
Geschwister. Alexander Jackson besucht das Gym-
nasium Freudenberg.

Der Jungautor hat zuvor schon einige Geschichten
in seiner englischen Muttersprache verfasst. Mit
„Zill" legt er sein erstes deutschsprachiges Werk
vor. Seine Freizeit verbringt Alexander Jackson
gerne in den fantastischen Welten von Serien oder
Computerspielen. Er zählt auch Schauspielern zu
seinen besonderen Gaben, die es ihm erlaubt,
selbst in andere Rollen zu schlüpfen.

Der Verlag

> *Wer aufhört*
> *besser zu werden,*
> *hat aufgehört*
> *gut zu sein!*

Basierend auf diesem Motto ist es dem novum Verlag ein Anliegen, neue Manuskripte aufzuspüren, zu veröffentlichen und deren Autoren langfristig zu fördern. Mittlerweile gilt der 1997 gegründete und mehrfach prämierte Verlag als Spezialist für Neuautoren in Deutschland, Österreich und der Schweiz.

Für jedes neue Manuskript wird innerhalb weniger Wochen eine kostenfreie, unverbindliche Lektorats-Prüfung erstellt.

Weitere Informationen zum Verlag und seinen Büchern finden Sie im Internet unter:

www.novumverlag.com